# 屋上ミサイル（上）

山下貴光



宝島社

# 屋上ミサイル

（上）

登場人物

辻尾《つじお》アカネ　高校二年生。美術デザイン科に在籍

国重嘉人《くにしげよしと》　高校二年生。普通科に在籍。リーゼント頭の不良

沢木《さわき》淳之介《じゅんのすけ》　高校二年生。普通科に在籍。恋する観察者

平原啓太《ひらはらけいた》　高校一年生。普通科に在籍。人殺しの噂がある新入生

宮瀬《みやせ》春美《はるみ》　高校二年生。陸上部のエース

殺し屋　失策の多い愛妻家

田淵《たぶち》勇作《ゆうさく》　堀江桜署の巡査部長

長塚《ながつか》　警視庁組織犯罪対策部第五課、薬物捜査第七係、係長

# 1

世界で一番偉い人が拉致《らち》監禁されて五日目、わたしは彼の痛みや苦しみを想像することなく、憐《あわ》れみの気持ちを抱いて気にするわけでもなく、学校の屋上を目指していた。昼食を終えると昼休みの賑《にぎ》わいを避けるようにして廊下を進み、まるで喧騒《けんそう》の中を突き進むような表情で足早に階段を駆け上がった。

手に提げたトートバッグが激しく揺れ、時々、それが膝《ひざ》に当たる。四階を越えたところで顎《あご》を上げて遠くを見るようにすると、クリーム色の扉が視界に入った。ドアに鍵《かぎ》はかかっていない。ノブを握ると抵抗なく回り、引き開けると首をすぼめたくなるような音が響いた。

人生においてはじめての屋上だった。マンションやデパートも含め、わたしは屋上を知らない。だからといって、遣《や》り残していたことにはたと気づいてチャレンジしようと思い立ったわけではなく、かといって絶望して自分の命を絶とうと覚悟したわけでもない。わたしが屋上に出たのは絵を描くためだった。趣味ではなく、課題だ。美術デザイン科に通う高校生である自分に与えられた、課題である。そのヒントがないかと訪れたわけだ。

味気ないな、というのが屋上から受けた第一印象だった。寒々としたコンクリートが広がっているだけで、思い描いていたものよりも狭《せま》い。小さな笑い声が聞こえたが、それは階下からのもののようだった。

視線の先にベンチがある。病院の待合室や駅舎の中にあるベンチのように立派なものではないが、プラスチック製の青いベンチは比較的新しいもののようで、脆弱《ぜいじゃく》な様相ではない。さあ、どうぞ、と招かれている気がしたのは、わたしの勝手な解釈だ。ベンチに腰を下ろし、さて、と思う。絵を描くことは好きだけれど、それが課題となって押しつけられると窮屈な心地がした。そのためか、早速、という気にならない。さらに気を削《そ》ぐようにゆるりとした微風が髪の毛を揺らし、欠伸《あくび》をしたくなる。スカートの裾《すそ》に小さな綿埃《ほこり》がついているのに気づき、指でつまんで風に乗せた。世界は大変なことになっているのに平和だな、と長閑《のどか》な気分になる。

目の前には二メートルほどの高さのフェンスがあって、それが四方を取り囲んでいる。左手に視線をやるとカラスが一羽とまっていて、右手に視線をやると男子学生がこちらに背中を向けてフェンスに寄りかかっていた。茶色い髪の毛は丸刈りに近いくらいに短く、陽光の中で映えている。彼はじっと下を覗《のぞ》き込んでいて、何をしているの？　と訊《たず》ねれば、安全のために偵察と監視をつづけているんだ、という答えが返ってきそうな熱心さが漂っていた。

トートバッグからスケッチブックを取り出し、それを膝に置いたところで身体が揺れた。同時に右隣に何者かの気配を感じて首を振ると、そこに大きな影があった。驚いた表情を向けると、「何だよ」と威嚇するように言われる。

普通科二年の国重嘉人《くにしげよしと》だった。学校で一番偉そうな男だ。学校と限定し、偉そうな、ということであるから、監禁されているあの人物とは大きな差異があるわけだけれど、肌身に感じる圧迫感だと、彼のほうが強烈かもしれない。

鼻が高く、はっきりとした顔立ちなので日本人離れして見えた。視界の邪魔にならない程度のリーゼントは不良としてのこだわりなのだろう。制服に嫌悪感を抱く何かがあったわけでもないだろうに、細身のパーカー姿だった。

抑えつけられると反発したくなる。わたしの悪い癖というか、これは反射のようなもので、「驚かせないでよ」と不愉快さを露《あら》わにした。

「はあ？」国重の眉《まゆ》が不機嫌そうにうねうねと動く。「俺は人の驚いた顔を見て楽しむほど子供じゃねえぞ。初対面のお前なんかを驚かせて何の得があるんだ。完全な言いがかりだろうが」

「わたしと知り合うきっかけにはなった」と言ってやる。

「ふざ」と言って、国重が苦しそうな顔をした。ふざけんな、と言いたかったのだろうな、とはわかる。「それじゃまるで、俺がお前のことを想ってるみたいじゃねえか。ずっとお前のことを見ていて、それで今日ようやく、勇気を振り絞って隣に座ったみたいだろうが」

「そういうことでしょう」

「ふざけんな」と今度はしっかりと言った。「俺はな、あいつとは違うんだよ」とフェンスに寄りかかる茶色い髪の男子学生を指差した。

「彼？」どうしてそこで彼が出てくるのかが不思議で、話の流れからすると彼は誰かに恋をしていて、それはまさかわたしなの、と思ったりもしたけれど、こちらに背中を向けたその態度は、その想いとは逆の印象を伝えてくるようで、首を捻《ひね》りたくなる。

「彼が、何？」

「あいつと知り合いか？」と国重が訊《き》いてくるので、知らない、と首を振った。

「だったら話すことはできねえよ。お前も嫌だろ、知らない誰かに自分の秘密をこっそりと話されるのは」

「まあ」納得できた。「そうかな」

「で、何やってんだよ。お前、デザイン科だろ」

「デザイン科の学生らしく、絵を描きに」と膝の上のスケッチブックを軽く持ち上げた。

「ここは普通科の校舎だ」

国境を侵した密入国者を責めるような口調だった。

「普通科の校舎が四階建てじゃなきゃ、ここには来ないよ。デザイン科は二階建てだから」

「空に近づきたかったのか？」と彼が天を仰ぐ。

その表現と風貌《ふうぼう》が不釣合いで、思わず噴き出してしまった。「何だよ」とまた睨《にら》まれたが、今度は素直に謝罪の言葉を口にした。それは彼の顔に照れくささが滲《にじ》んでいたからで、だからそのあとで、「空に近づいて遠くを見たかったの」と説明をし、課題のことも愚痴《ぐち》を添えて話した。

「で、誰なんだ、お前？」

失礼な物言いだな、とは思ったが、これだけ話をして名前も知らないというのは不自然な気がして、わたし自身も気持ちが悪く、「美術デザイン科二年の辻尾《つじお》アカネ」と少々の照れを内包しながら、答えた。

彼もそれに応えて、自分の名前を口にする。自己紹介とは思えないほどの愛嬌《あいきょう》のなさだったが、それが堂々としているようにも感じられて、悪い印象は受けない。「何だっけ」「辻尾って、聞いたことあるな」国重が考えるような顔をした。

「その辻尾さんは」言いながら、わたしはうんざりとする。先月、辻尾という名前が学校を席巻《せっけん》し、おかげでわたしは何度も嫌な思いをした。「別の辻尾さん。わたしじゃない。彼女は山火事予防ポスター用の原画募集で、文部科学大臣奨励賞に輝いたから。だから聞いたことがあるんじゃないかな。デザイン科の全員が応募したんだけど、わたしは駄目だったんだよね」

間違いに気づいた者はみんな、「ごめん」と申し訳ない顔をした。そのたびにわたしは卑屈な気持ちを募らせ、お前は駄目なほうの辻尾か、と言われているような気がして、苦笑を浮かべるのだ。そういう被害妄想が引き金となって、名前が同じで才能のある彼女とは挨拶《あいさつ》程度しか言葉を交わしたことがなかったにもかかわらず、恨んでしまいそうにもなっていた。

「何だよ」と国重が言い、遠慮や気遣いなどを持ち合わせているようには見えない彼のことだから、駄目なほうか、とはっきりと言われるものだと思い、非難や反論の準備をするのではなく、衝撃に耐えるための覚悟をしたのだけれど、そうはならなかった。

「まだ評価されていないほうの辻尾か」

無意識に彼の顔を見つめていたようで、「それは睨んでるのか」と言われる。

「警戒しているだけ」と咄嗟《とっさ》に答えることはできたが、動揺していた。「突然、現れたから」とつづけた声はいつもより、少しだけ高音だった。

「突然現れたのはお前だ、辻尾。昼休みはこのベンチで過ごす、っていうのが俺の日課だっつうの。俺の日常に、お前が割り込んできた」

「何もしてないけど、わたし」

「平穏っつうのか、そういうのに浸りたくなる時ってあるだろ」と国重が細い眉を上げる。「食後はのんびりと、ってやつだ。そこにお前が現れた。のんびりとした空気が乱れるだろうが」

縁側で猫を抱いて日向《ひなた》ぼっこをしている老人の姿が思い浮かび、年寄りみたい、という印象を受けたので、その感想を率直に声に出した。しまった、と思うが、もう遅い。

しかし、国重は怒らない。「だよな」と言っただけだった。それが不思議で、わたしはそのことを疑問としてぶつける。すると彼はこう答えたのだ。

「年寄り、っていう言葉が悪口だとは思わなかった」

その言葉にはっとする。知らず知らずのうちに老人を軽視していたのかもしれない、と気づき、胸の奥がぎゅっと締めつけられるような心地がした。若さが重要で偉大なものである、と教えられた記憶はなく、老いが軽易で不名誉なものである、と理解した覚えもなかった。いつどこでそのような考えが構築されたのか、と恐ろしい気持ちになる。そのことに気づかせてくれた国重嘉人という存在に、少しだけ興味が湧《わ》いた。

「ああ、そういえばよ」国重が何かを思い出す。「大統領はどうしてんだろうな」

「突然だね」とわたしは笑う。

※

彼の危機が伝えられたのは、五日前の午後八時頃だった。「アカネ、大事件」という母親の声が階下から聞こえて部屋を出たのだが、特に切迫感はなかった。母さんの言う大事件というのは、夕食のおかずを焦がしてしまった、だとか、誤ってデジタルカメラのデータを消去してしまった、だとか、その程度のものなのだ。

だからリビングのドアを開けたわたしは「大事件って何？」と訊ねる前に、「寛之《ひろゆき》は？」と弟の所在を質問した。

母さんはソファに座ってテレビを眺めている。「ライブハウスか、スタジオじゃない」と振り向くことなく、答えた。

中学二年になる弟は、音楽活動に熱中していた。仲間とバンドを結成し、その練習や発表や力試しのため、毎日、家に帰ってくるのが遅い。帰ってこないこともある。両親は息子の不良化の兆しに気づいているのかいないのか、のんびりと構えていて、かといって見放しているわけではなく、むしろ感動すらしていて、心配になったわたしは姉としてそのことについて触れてみたことがあるのだが、母さんの口からは「世界に存在する偉大なものの一つが、音楽なのよ」と力説するような声が返ってきた。わたしが美術系の高校を選択した時も、それに似たことを言われ、世界に存在する偉大なものの一つに『親バカ』というのを加えてもよいかもしれなかった。

「そんなことよりもテレビよ、アカネ」と母さんが興奮とも緊張ともつかない高揚を声に乗せる。

テレビ画面には、知っている顔が大写しにされていた。映画俳優や国際的な歌手ではないが、とても有名な人物だ。世界の誰もが知っている、大きな国の大統領。

その国は自由と正義という言葉が好きで、世界第三位の人口と面積を誇り、国内総生産は堂々の世界一位という立派な強国である。自国が動かなければ世界は動かないし、自国が動けば世界も動くと信じていて、良い意味でも悪い意味でもその大きな声と態度で世界の舵《かじ》取り役となっている。自慢の軍事力と強固な経済力がその強気の態度を支えていて、常に国益を重視するその国はエネルギーや食糧などの資源を得るためには手段を選ばず、情報操作や嘘《うそ》も厭《いと》わなかった。

わたしの住む国は、そんな大国の優秀な同盟国である。従順な、と言ってもいい。表面上はごねたり、背中を向けたりもするが、それがパフォーマンスに過ぎないことは誰もが見抜いている。首を横に振ることはまずない。あの国の傲慢《ごうまん》な態度に、仕方ない、とつぶやく政治家もいるくらいだった。

しかし一方で、あの国には人を惹《ひ》きつける文化があるようで、特にわたしたち若者の間ではスポーツや音楽に影響を受ける者が多く、格好良さや強さの象徴として捉《とら》えられている。崇拝している者は多かった。

そんな大国の大統領が、テレビ画面に映っていた。不機嫌さを隠そうともしない白人男性はこちらを睨みつけるようにしていて、確か七十歳に近い年齢だったと思うが、赤いネクタイのせいだろうか、生命力に満ち溢《あふ》れているようにも見えた。

しかし、そんな彼は今、縛られている。とても胸苦しそうだった。

「何、これ」わたしは声を上擦らせる。「これって本物？」

自動小銃を構えた男たちが、大統領の周りを取り囲んでいた。迷彩柄の軍服に身を包んだ男たちは黒いマスクで顔を隠しており、そのために国籍や人種はわからない。独特の勇ましさというのか、統率され訓練された者だけが有する厳しさを漂わせていた。

「レッドマッシュルーム」と母さんが何かの呪文を唱えるように、言う。

「赤いキノコ？」

「ほら、奥の壁に旗が掲げられているでしょう。黒地に赤いキノコのマーク。それが彼ら組織の旗らしいのよ。レッドマッシュルームっていうのは、彼らの名前」

「冗談みたいだけど」

「冗談じゃないみたいよ。最初は母さんもそっくりさんを使ったバラエティ番組だと思ったんだけど、どうやら本気らしいのよ。全力の本気ね」母さんが困った顔をする。

「テロよ、テロ。テロ行為」

画面の中央にいるマスクの男が白い紙を手に持ち、こちらに向かって何やら訴えかけていた。声明文を読み上げているのだろうが、それは日本語ではなく、何を言っているのか理解できず、もちろん母さんも同じようで、首を捻っていた。

自分たちの正義とその行為の正当性を切々と語っているのだろう、とは想像できた。自分たちが置かれた不遇の時代を、そして未だにその苦しみから解放されていない、という嘆きを訴えているのだと思う。民族の代表として、だとか、神の名を使っているのかもしれない。

途中から同時通訳がはじまり、日本語が聞こえてきたが、焦ったように話すその声は聞き取りづらかった。が、わたしも母さんも、もういいや、ということにはならない。

「軍事基地っていったら、まずいわよね」母さんがつぶやく。「危ないものがたくさんあるわよね」

テロリストたちが大統領とともに立てこもっているその場所は、どうやらアメリカ北西部にある軍事基地らしかった。ほかにも、大きな空軍基地や軍事施設が同じ組織によって占拠されているらしく、重々しい空気に包まれたテレビスタジオでは、軍事アナリストという肩書きを持つ中年男性が北アメリカ大陸の描かれたボードをテーブルの上に立て、占拠された基地の場所とその基地の規模を地図上で示しながら説明をしていたのだが、これは本当のことなのか、とどこか半信半疑のようでもあった。

これほど大規模なテロ計画が秘密裏に進められていたことについて司会者は小首を

傾《かし》げ、一国の大統領がどこでどういうタイミングで拉致され、どういう方法で基地が制圧されたのか、など詳細は明かされていないらしく、もどかしい表情も見せている。ものすごい数のテロリストがあの国に入国したことになりますよ、と女性のコメンテーターがつづけ、テロに一番敏感な国家であるあの国が気づかなかったのでしょうか、と思わず疑問を口にする場面もあった。手引きをした協力者がいるのでは、軍部による反乱では、という推測のあとで、あり得ないことが起こるのが現実なのかもしれません、と言った司会者の言葉が印象的だった。

「危険なものしかないんじゃない」わたしは母さんの問いに答える。「基地ってところには」

「まずい感じよね。よく考えればさ、人質は彼だけじゃなくて、基地で働く軍人さんや事務員さんや、ほかにもいろいろな人が人質になってるんだよね。逃げ出した人や解放された人もいるらしいけど、大統領だけを見殺しにすればいい、ってことじゃないのよね」

見殺し、という言葉はひどく恐ろしいものに感じられたが、そこはのんびりとした母さんの口から出てきたものであるから、揉《も》みほぐされて柔らかくなっており、刺すような醜悪さはなかった。

「というかさ、軍事基地って警備が厳しいところじゃないの。大統領の周りだって厳重そうだし。シークレットサービスっていう人たちが守ってるんでしょう。どうしてこんなことになっちゃってんのよ」

「おそらく」母さんが語調を慎重にする。「油断と過信、それから想像力の欠如ね」

「なるほど」

その時のわたしは遠方を見るような感覚で、その出来事が世界の危機に直結しているとは想像もしていなかった。

※

「弾道ミサイルって、飛んでくると思うか？」と国重が訊ねてくる。「ミサイル発射までの期限は今月末って言ってたから、あと三週間くらいだよな」

「わたしたちの国は確実に狙《ねら》われていますよ、って近藤《こんどう》さんが熱心に言ってたよ。最新鋭の大陸間弾道ミサイルならね、目を閉じていても日本を狙えるくらいの性能はありますよ。そういうミサイルと装置が存在することをアメリカ側も渋々認めましたしね、って」

「誰だよ、その近藤って」

「アイドルのことから政治経済のことまでをコメントする、評論家。よくワイドショーやニュースに出てるでしょう。四十代前半くらいのおじさん」

「ああ、あのオカッパ頭の奴か」国重が気づく。「信用できるのかよ」

「どの番組でもそう言ってる。あの国の同盟国は真っ先に狙われるだろう、って。特に首都である東京ね。あと原子力発電所のある町も危険らしいよ」最近は時間帯に関係なく、テレビはその話題一色で、まだ五日目だったが、少々うんざりとさせられていた。「すでにほかの国に逃げている人がいる、って言ってたし」

「ずるいよなー、金持ち」しかし、国重にひがんでいる様子はなかった。「知ってるか？　弾道ミサイルの弾頭には核が搭載できるんだってよ。炸薬《さくやく》を内蔵するだけじゃねえんだ。あと、生物兵器や化学兵器なんかも。生物、化学兵器の研究工場が併設されている基地もテロリストの手に落ちたらしい」

「らしいね。核シェルターの設置販売を手がける会社に問い合わせが殺到してるんだって。もしも東京に核を積んだミサイルが落ちた場合、っていうシミュレーションをやっていてね、放射能に汚染される地域っていうのが赤い円によってわかりやすく示されてた。何発発射されるかはわからないけど、すべてを撃ち落とすことは不可能なんだって。一発でも落ちれば甚大な被害になる、って」

「ここは?」

「堀江桜町《ほりえさくら》はレッドマーク。東京どころか、関東地方のどこに落ちても駄目だって。深刻な顔をして言ってたよ、あの近藤さんが」

「また近藤かよ」国重は核兵器のことよりも、評論家の近藤さんのことを先にどうにかしてくれ、と言いたそうだった。「テレビ番組ジャックだな。ある意味テロだろ」

「そうかも」

わたしは口元を緩めて、笑いの息を抜く。

「で、赤いキノコの要求は何なんだよ。何か言ってたか?」

「アメリカ政府には伝えてるらしいんだけど、拉致されてる大統領の代理として権限を受け継いだ、副大統領のトニー・ネルソンっていう人がその事実だけは認めたけど、わたしたちにそれ以上のことは教える気がないみたい。それが不満らしくて、向こうの記者と国務省の副報道官の何とか、っていう人が言い争ってたから。うちの政府も情報を摑《つか》んでるのかいないのか、官房長官の会見ものらりくらりって感じだしね」

「騒がしいよな、世界。緊急の国連総会が開かれて対応を話し合ってるんだろ。国連だけじゃなく、世界中で話し合いがはじまってる」国重は今にも両手で耳を塞《ふさ》ぎそうな表情をする。「問題は解決に向かっています、冷静に行動してください、って秋田《あきた》首相が言ってたけどよ、どたどた、ばたばたって感じだよな」

　彼が口にした擬音によって、子供が母親の姿を探して家の中を走り回っている様子を連想し、我が国はそんな感じだなあ、と情けなくなった。

「どうなるんだろうね。ミサイルが落ちれば、直接的な被害だけじゃなくて、きっと世界は混乱するよ。保たれていた秩序や規則が全部、崩壊しちゃいそう。丁寧に積み上げてきたブロックが全部、倒壊しちゃう感じ」

　そんなわたしの不安や世界の危難を一掃するように、「そんなことよりも」と言った国重の言葉は新鮮で、力強く、だから可笑《おか》しくなった。そんなことより、と脇に置いておくにはあまりにも大きな話題で、世界を悩ませている問題で、それをひょいと隅に追いやった国重に頼もしさのようなものを感じた。

「何？」と感興が湧き、彼の口元に注目した。

「国内最高齢のシマウマとライオンが、同じ日に死んだんだってよ」

「へー、それは大変」

「笑うか、そこで」国重が怪訝《けげん》な顔をする。「俺の話に面白いところなんてなかっただろ」

「世界は未だかつてない危機に直面しているのに、平和だな、と思って」

「だから言っただろ、ここには平穏があるんだっつうの」

　はっと気づくと昼休みの半分が経過していて、「あ、そうだ」という声とともに、本来の目的を思い出した。わたしも世界の行く末よりも課題のほうが気になっているのだ。

　テロ事件に関して、わたしたちはどこか真剣ではなく、心配や恐怖という言葉を多用するわりには遠くの国の関係のない出来事を眺めているような気分であり、映画を観ているような気にもなっていて、どうせラストは助かるのだろう、と冷めた目で見ている部分もあった。それでも日常は変わりなく流れる、と疑いなく信じていた。

　隣の国重のことも気になったが、そろそろ課題に取りかかろう、と気合いを入れ、そのことを彼に伝え、邪魔をしないでよね、と言おうとしたところで、さっと人影が目の前を横切り、またも気を削がれた。

　制服姿の男子学生だ。手足が細長く、女の子のような顔をしていた。化粧気のない女子が悪ふざけで男子の学生服を着た、という様子だったけれど、その人物にその状況を楽しむような雰囲気はない。むしろ不機嫌そうで、前方を見据えた瞳からは投げ遣りな感情が窺《うかが》え、どこか面やつれしているようにも見えた。しかし、整った容姿は見惚《ほ》れるほどの魅力があり、もてるだろうな、と感じた。

彼はゆっくりとした足取りでフェンスの前まで行くと、そこで止まった。フェンスに寄りかかる茶髪の男子学生もそれに気づき、視線を向ける。色黒で、小動物を思わせるその顔には大きな目が張りついていた。知り合いではないようで、声をかける様子はない。

次の瞬間、わたしは小さく驚きの声を発し、目の前の情景を疑う。隣の国重が立ち上がったのがわかり、わたしも引っ張られるように腰を上げた。「あいつ、何やってんだよ」と国重が独り言のような疑問を零《こぼ》した。

女の子のような顔をした男子学生がフェンスをよじ登りはじめたのだ。その迷いのない動作に、わたしはあたふたとしてしまう。

国重が駆け出したので、あとを追うように足を踏み出した。フェンスの前に到着した時にはすでに彼は向こう側に身体を半分移動していて、わたしたちは彼を見上げる状態だった。

「おい、お前」国重が乱暴に声をかける。「登ることが目的なら、山にしろ。フェンスに登っても誰も誉めてはくれねえぞ」

称賛の声が目的には思えなかったが、「そうだよ」と追随する。「山のほうが健康的だよ」と焦りのためか訳のわからない説得を口にした。

彼はこちらに視線を寄越すことなく、気にする素振りさえ見せず、そんな空振りの反応であったから、余計に不安な気持ちになった。覚悟をして屋上に来たの、と訊ねたくもなる。

あっという間に彼はフェンスの向こう側に降りた。とても身軽で、何か特別な訓練を受けたのではないか、と思わせるほどだった。シュッ、スル、タン、といった感じだ。

「危ないよ」

今さらかよ、と言われそうだったが、そう声にせざるを得なかった。そこから一歩でも踏み出せば地面はなく、あとは落ちるだけで、落ちるということはただでは済まないということなのだから。

「屋上の秩序を乱すな」と国重が強い口調で言った。「死ぬなら別の場所にしろ。高い建物ならほかにもあるし、学校で死ぬことが重要だっていうなら、教室で首を吊《つ》れ。俺の屋上を汚すなよ」

そういう説得は逆効果ではないか、と別の言葉を探すが、見つからない。焦るばかりだ。

「自殺じゃありませんよ」とフェンスの向こうから細い声が聞こえて、「え、そうなの」と目を瞬《しばた》いた。わたしたちの勘違いだったの、と早合点を反省する気持ちが湧き、一方で、紛らわしいことをしないでよ、という苛立《いらだ》ちの感情も湧いた。

「じゃあ何なんだよ、その奇行は」

「ただのアピールですよ」

「何のアピールだよ」

「何でもいいじゃないですか」

「誰へのアピールだよ」

「誰でも」と言った彼の黒目が一瞬だけ空を見たのを、わたしは見逃さなかった。

「いいじゃないですか」という言葉を待ったあとで、「もしかして神様？」と訊いてみる。

「まあ、似たようなものです」

そこで国重が「あ」という声を上げた。正解を見つけたような、そんな「あ」だった。「お前」とフェンスの向こうの彼に顔を近づけ、「もしかしてあの一年じゃねえか」とまじまじと見る。

確かに彼は新入生のようだった。制服の襟元に一年三組というバッジが光っている。赤い縁取りであるから、彼も普通科だ。有名な一年生が入学してきたのだろうか、と眺めるが、早くもプロのスカウトに注目を浴びている野球小僧には見えなかったし、入学初日に教師を殴って停学になるような凶暴な人間にも見えなかった。

「どの一年ですか?」と彼の虚《うつ》ろな瞳が、少しだけ苛立つ。

「何だっけな」国重が記憶を搾り出すような表情を見せる。「ひらひら」と何度か言い、「平原《ひらはら》だ」と思い出した。「平原啓太《けいた》」

「正解」と彼がつまらなそうに言った。

「やっぱな」国重が得意げな顔をする。それから茶髪の彼のほうに向いて、「淳之介《じゅんのすけ》、あの平原だって」と嬉しそうに報告した。「俺は二年の国重嘉人で、こいつも二年で」と茶髪の彼を指差す。「沢木《さわき》淳之介だ」

それから国重はお節介にも、わたしのことも彼に紹介する。「わたしだけデザイン科だけど」と言うと、平原は「僕だけ一年です」と抑揚のない口調でそう言った。

「なあ、あの噂《うわさ》って本当なのかよ」と国重が再び顔を寄せる。

どうやらその噂というのが、彼をただの新入生以上の存在にしているようだった。噂というものの確かさを疑っているわたしは、それほど期待していない。話のネタになればいいかな、という程度に耳を傾けていた。

しかし、わたしは彼らの短い会話を聞き、声が出ないほど驚くことになる。

「お前、人殺しなんだってな」

「はい」

それって何かの比喩《ひゆ》？


それから話は別の話題に変わった。がらり、という音が聞こえそうなほど、見事な変換だった。「人殺しってどういうこと？」という質問をぶつけたかったのだけれど、隙間《すきま》が見つからず、タイミングも逃し、そしてその質問をすることに躊躇《ちゆうちよ》していたこともあり、どんどん別の方向に進む会話を見守ることしかできなかった。平原がフェンスを越えてこちらに戻り、突風に煽《あお》られて下に落ちる、という事故が起こることも回避され、アピールとやらは終了したらしかった。

そこで不思議な光景を見る。茶髪の彼、沢木淳之介に関してのことだ。人殺しの新入生というのも気になったが、彼のことも見過ごすことはできなかった。

今の話題は、テロリストと世界の危機についてではなく、国内最高齢で亡くなったライオンのことについてだった。もう行ってもいいですか、と言って去りそうな平原だったが、動物の話に興味があったのか、それとも死という言葉に惹かれたのか、黙って話を聞いていた。「雄のドリンっていうライオンでよ、二十三年八ヶ月も生きたんだってよ。驚きだろ」と国重が熱を込める。

そのあとで、沢木が発言した。「それって長生きなのか?」

しかし、彼はその発言を口から声として発したのではなく、どこからか取り出した縦長のメモ帳に書き、それをこちらに見せる、という方式で会話をしていた。いわゆる筆談というやつだ。整った文字ではなかったが、読みにくさはない。

平原はその会話方式が珍しかったのか、それとも面白がっているのか、メモ帳に書かれた文字を、ぶつぶつと声に出して読んでいた。

「人間の年齢に直すと、百二十歳くらいだってよ。頑張ったよな」と国重。

何の違和感もなく進められるその会話が奇妙で、わたしはテニスのラリーを眺めるように首を左右に振る。そんなわたしに気づいたようで、「こいつは喋《しゃべ》らねえんだ」と国重が言った。

「喋れない、じゃなくて?」

「喋らない、だ。こいつの場合」国重が表情を崩す。「こう見えてもこいつは、一途で努力家で、それから忍耐強いんだって」

それらの気質を頭の中で総合させたわたしは、先ほど国重が「俺はな、あいつとは違うんだよ」と沢木のことを指差したのを思い出す。「もしかして、恋」と咄嗟に言葉が出たけれど、でも喋らないことと恋をすることにどんな繋《つな》がりがあるのか、と首を傾げたくもなった。

「感動なんだ、感動」国重が大袈裟《おおげさ》に声に力を込める。「お前の言うように恋なんだけどよ、恋の力には驚かされるって」

沢木が居心地の悪そうな顔をする。「勘弁してくれ」とメモ帳には書かれていた。

しかし、国重は笑顔を浮かべて「これは準備なんだ」と説明をはじめる。「あそこを見ろって」とフェンスに近づき、下方に向けて指を差した。

俯《うつむ》くようにして下を眺めると、そこにはグラウンドが広がっている。整備の行き届いたグラウンドで、芝生を囲むようにしてあるトラックの土は国立競技場と同じらしく、それを入学式の時に校長が自慢していた。サッカーボールを蹴る者や、隅のバスケットコートがある付近では固まって動く人影が見え、昼休みの過ごし方としてはわたしたちよりも有意義なものであると言えよう。

「今日も走ってるだろ、真剣に」

グラウンドで走っている人間は何人かいたが、そこに真剣さを漂わせている者はただ一人で、すぐに見つけることができた。トラックの外周を一定の速度を保ったままで走っている。体育の授業で使われる紺色のジャージではなく、白いジャージ姿で、遠くから見ても目立つ。

「彼女って」わたしはその人物を知っていた。懸垂幕に書かれた彼女の名前が浮かぶ。「陸上部の宮瀬《みやせ》春美《はるみ》って子でしょう。去年の夏にインターハイで優勝した。同じ学年だよね」

「そうだ」国重が頷く。「その宮瀬」

「恋の相手?」と沢木に訊ねると、彼は気恥ずかしそうに認めた。それから、素早く何かを書きはじめる。待っている時間はもどかしかったが、嫌な時間ではなかった。

インターハイ200メートル決勝、という文章ではじまっていた。「最後のホームストレート、2・1メートルの向かい風の中、圧倒的な加速力を見せつけて逆転。自己ベストに迫る24秒83で、見事に全国制覇」とつづけられ、「ちなみに彼女の自己ベストは24秒64。1600メートルリレーでも6位に入賞した。10月の国体では少年女子A100メートルにエントリーして、5位に入賞している。タイムは12秒19。400メートルにも出場していたけど、残念ながら決勝には進めなかった」と三ページに渡って書かれていた。

よく知っているな、と感心しそうになるが、その詳細さが不気味にも感じられ、間違った方向へと進みそうなその熱がただの恋であるのか、異常性を伴ったものであるのか、わたしには判断がつかなかった。

「宮瀬って、毎日、走ってんだよ。朝も昼も放課後も」国重の口調は感嘆とも呆《あき》れとも取れる。「だからこいつは屋上から見てる」

「毎日？」と沢木に質問を向けると、彼は頷《うなず》いた。異常のほうかな、と心配になる。

「ストーカーですか」とわたしが遠慮して言えなかった言葉を、平原がさらりと口にした。

沢木は慌ててメモ帳にペンを走らせ、「俺は恋する観察者だ」という主張を書いた。ストーカーとどう違うのだろう、と首を捻りたくなるが、平原が「何だ、そうですか」と納得してしまい、「こいつはそういう暗い人種じゃねえよ」という国重の援護する声もあり、「じゃあ、ストーカーじゃないんだね」とだけ確認し、沢木が大きく頷いたこともあって、『異常な執着心と支配欲の持ち主』という烙印《らくいん》を押すことを、今回は見送った。

「それで、その恋心と喋らないことにはどんな関係があるの？」そのあたりのことがまったく見えてこない。「恋と無言」

「こいつは溜《た》めてるんだって、その日のために」

「どの日？」

「愛の告白をする日」

「ど、どういうこと」ますますわからない。「何を溜めてるの？」

「一年間だったよな」と国重が、沢木に顔を向けると、彼は首肯した。「こいつはまだ告白の台詞《せりふ》を決めてなくてな、その日、彼女の前に立った時にすべてをぶつけようとしてるんだ。奇策や裏工作を練るよりも、成り行きに任せたほうがストレートに気持ちを伝えられる、って信じてるんだ。だからその日のためにじっと溜めてるんだって。ほかの余計な言葉によって口を汚さないように準備をしている。俺には真似できねえし、思いつかねえよ。どうだ、感動だろ」

「それって意味あるの。成功率が上がるとか？　一年間の根拠は？」

「本気で言ってるのか、辻尾」国重が嘆息を全身にまとうようにする。「これは祈りなんだ。確率や根拠なんていうつまらない言葉を使ってな、質問をしてんじゃねえよ」

むっとはしたが、それが祈りだというのなら、意味を問うのは間違いかもしれないな、とは思った。だから反論はやめる。

「いつ」わたしは、沢木に顔を近づけた。「いつ告白するの？」

沢木がメモ帳を差し出した。「五月十一日」と書かれている。その日のことを思うとそわそわとするのか、文字が乱れていた。

「来月かー」わたしは空を仰ぐ。「ミサイルが落ちなければいいのにね」とつぶやき、まるでその物言いは、雨が降らなければいいのにね、とでも言っているような軽さを含んでいて、可笑しくなった。

「ミサイルなんかより、淳之介の告白だって。愛を叫ぶのにな、ミサイルなんて何の妨げにもならねえよ」

「いいですね」と平原がぼそっと感想を言う。その顔には笑みがなく、皮肉なのか、と疑いたくなるもので、「嫌味だろ、お前」と国重が巻き舌気味に言葉を発した。

「半分はそうです」と彼は正直に答える。「でも、半分は本気でいいと思いました。みんな世界の終焉《しゅうえん》の話ばかりなのに、この屋上では動物のことや恋愛のことが話の中心にある。愉快ですよ」

「ミサイルなんて知らねえよ」国重が口元を曲げた。「この屋上にそんなものは持ち込ませねえっつうの」

「じゃあ、任せた」責任を丸投げする気分に似ていた。「わたしはここでゆっくり課題の絵を描きたいから」

沢木が何かを書いた。「俺もゆっくりと観察をつづける」

「ここは余計な高揚や雑音とは無縁でいいですね」平原が首を回す。「静かです」

「よしっ」と何かを決断するように国重が頷き、口元をぎゅっと結んだ。「お前たちの屋上に対する愛情は充分に理解できた」と勘違いを伴ったような不吉な言葉を発した。

「どういうことよ、それ」とわたしは心配で仕方ない。

「だからな」国重が声を大きくする。「今日から俺たちは屋上部だ」

「何だよ、その怪しげな部活は！」と沢木が殴り書きする。

わたしはそれが部活動だったとも気づかずに、訝《いぶか》しげな表情をし、平原がすぐ近くで「面白そうですね」と声を洩《も》らしたので、そのことに驚いてもいた。彼とは、知り合ったばかり、という表現を使うのもおこがましいほどの間柄で、どういう人間なのかも知らなくて、何に対しても興味を惹かれることはないのだろう、と決めつけていたのは、その短い間に判断したものであったが、彼が口にしたその言葉が意外に思えた。だからなのか、彼に興味を湧かせた『屋上部』という言葉を無碍《むげ》に笑い飛ばすことができなくなった。

「屋上部の活動内容は？」とわたしは訊いている。

「屋上の平和を守る」

「世界の平和じゃなくて？」

「世界の平和を祈るのは人間だけですけど、それを実現できるのは、きっと人間じゃありませんよ」と平原が溜め息のような声を出した。

「世界なんてどうでもいいっつうの」国重が不満げな顔をする。「世界を救う気なんてさらさらねえ。俺たちが守るのは、屋上だって」

屋上は世界の中に入っていないのだろうか、とわたしは答えを探すように国重の顔をじっくりと見る。あっ、左頰《ほお》に小さな黒子《ほくろ》、と関係のないものを見つけた。

テレパシーや読心術という超自然的なものを信じているわけではないが、国重が「屋上は特別だ」と言ったので、驚いた。それは絶句と動揺を内包したものではなく、とても心地好いもので、だから申し出を受け止める心の容量が大きくなっていたのか、「いいね」と口走っていた。そのことに重ねて、驚く。屋上部っていいね。いいのか？

わたしの言葉に触発されたのか、「観察者である俺にとって、屋上の平和は重要である」と書かれたメモ帳を沢木が掲げた。

平原がそれを読み、笑みを浮かべている。笑顔の材料が足りないな、と物足りない味付けの料理を口にした感覚だったが、人殺しと噂される彼が笑ったことに安堵《あんど》感や満足感があったのも確かだ。

まあいいか、と肩の力を抜く。どうせ災難や面倒ごとが訪れることなんてないんだし、と楽観的に思う。それに明日からも課題のために屋上を使うつもりだったし、盛り上がっている三人に水を差すようなことを言うのは気が引け、とりあえず頷いておいた。

母親の声が耳のそばで響いたのは、その時だ。

「油断と過信、それから想像力の欠如ね」

## 2

二日間が経過するのはあっという間だった。屋上部という何に向かって情熱を注いでよいのかわからない団体の一員になってからの時間は特に早く、戸惑ってしまう。まだ何も手をつけていないじゃない、と課題のことを思い出し、焦りもした。

監禁されている大統領は相変わらず無言のままだった。彼の映像は、ライブでネット配信されている。トイレや食事の時以外は、寝ている姿も全世界の人の目にさらされる。ニュースやワイドショーでは赤いキノコの話題に大幅な時間を割き、大統領のいびきの大きさや寝返りの回数を数える番組まであった。

「テロリストとは交渉しないようだな、やっぱり」と食パンに手を伸ばしながら、父さんが言った。「その方針をどうこう言うつもりはないが、話をしないというのは乱暴だし、稚拙だと思わないか」

それはわたしに言っているの？　と食卓を挟んだ対面にいるわたしは訊ねたくなる。昨夜、小さなことが原因で喧嘩《けんか》をした。いや、わたしが一方的に責めたので、喧嘩とは言えないかもしれない。父さんは謝っていたけれど、許さなかった。だから口を利いてやらないのだ。

「姉ちゃんさ」弟の寛之が眠そうな目を擦《こす》りながら、呆れた声を出す。「たかがプリンだろ」と言いながら、わたしの隣に座った。

「プリンの頭に、たかが、って付けないでくれる」

寛之は寝癖のついた髪の毛を、掻《か》きむしるようにする。パジャマのボタンがかけ違えられていて、襟元がおかしい。「将来のロックンロールスターである俺の、その姉貴がさ、プリンを食べられたくらいで膨れっ面をするなよ。それも朝から」

「誰がロックで、誰がスターなの」わたしは幼さの残る弟の横顔を見る。「笑わせないでよ」

「すぐに笑えなくなるって」どこからその自信が溢れてくるのかわからないけれど、弟は自分の力を信用しているようだった。「ロックの神様は俺のすぐ後ろにいる。見えないのか、姉ちゃん。ギターを抱えた奴がいるだろ」

「母さん？」

ちょうど後ろを通りかかった母親に視線を向けた。

洗濯籠《かご》を抱えた母さんは、「ロックンロール最高」と口角を伸ばし、おどける。

「やっぱ将来のロックンロールスターである俺の、その母親はよくわかってる」と寛之が満足そうに頷いた。

「それで」と父さんが言う。視線はキッチンの隅にある小さなテレビ画面に向けられていた。「妥協や歩みよりは期待できないのか」

「わたしもあの国も強情だから」とぼそりと答える。

昼休みになるとお弁当とスケッチブックの入ったトートバッグを持ち、階段を上る。屋上部だから、という律儀な理由ではなく、課題のこともあったし、それに一番の理由は、屋上で食べるお弁当の美味《おい》しさに心を奪われたからだった。

今日も屋上にはいつものメンバーが揃《そろ》っている。国重は横柄な態度でベンチに座り、パンを噛《か》み千切るようにしている。その隣には平原がいて、ペットボトルを口に当てて水分補給をしていた。沢木はフェンスに寄りかかりながら、下を覗き込んでいる。携帯用の栄養補助食品を口に運んでいるようだ。

今日は土曜日で授業はなかったが、開放日といって、勉学のために学校を自由に使うことが許されていた。苦手な教科や進んでいない課題などに取り組む時間が設けられているというわけだ。担当の教師も出勤しているので、個別に質問もできる。強制ではなかったが、よほどのことがない限り、ほとんどの生徒が参加していた。

わたしの姿を見つけると、「先輩、どうぞ」と平原がベンチを空けて立ち上がった。いいよ、そのあたりで食べるから、と言うのだが、「ジュースだけですから」とペットボトルをこちらに見せる。

どこまで本気なのか、平原は屋上部という遊びに付き合っている。教室に居場所がないのか、それともこの場所が気に入ったのか。気を遣っているわけではないだろう。

わたしは彼の顔を見るたびに、「人殺し」という言葉を思い出すのだが、そのことについてはまだ質問できていない。自分の中に疑問や意見を溜め込んでおくのが苦手なわたしも、さすがに口にすることができなかった。

「国重もちゃんと開放日には登校するんだ？」と違う疑問を口にする。意外だった。

「俺が参加するのは屋上部だけだっつうの。教室には気が向いたら、行く」

「さすがは屋上部の創設者」

「それにな、話があるんだ。淳之介、いいか？」

今はそれどころじゃない、と沢木は拒否するだろうと思っていたのだが、差し出されたメモ帳には「俺も話がある」と書かれていて、前に立ったその表情が妙に真剣で、これは何だか嫌な予感がするぞ、と身構えたくなった。

「その前に」とわたしは気になっていたことを先に片づけようと、国重を見つめる。口元にからからに乾いた苺《いちご》ジャムのようなものが付着していて、微笑ましさや母性が湧いてもよさそうだったが、どうやら違うようなのだ。「それ、どうしたの？」と彼の顔を指差した。

「これはあれだ」国重がその場所を触り、言いにくそうに口ごもる。「威張るのも楽じゃねえ、ってことだ」

よくわからない。「要するに？」

「喧嘩」

「誰と？」

「昨日、うちの三年と。指輪をした手で殴りやがって、打撲の痕《あと》っていうより、擦り傷だ」

「へー」苦労しているんだ、と不良学生の別の一面を見たような気になる。「勝敗は？」

「勝ちに決まってんだろ」

「ふーん。喧嘩が強い、っていう噂は本当だったんだね」

「ほとんどの噂がでたらめだけどな。それだけは当たってる」

「不条理な理由で喧嘩を吹っかけた挙句、お金を奪う、っていう噂は？」

「嘘だ。金は奪わねえ」

「暴力団関係者と繋がりがある、っていうのは？」

「嘘だ。付き合う人間は選ぶ」

「六歳まで野生の熊に育てられた、っていうのは？」

「何だよ、それ」国重が笑い声を放出させた。そのまましばらく愉快そうに哄笑《こうしょう》し、そのあとで「でもよ」と言う。「お前は惑わされなかったみたいだな、噂に」

「噂なんてほとんどがでたらめだと思ってるから」わたしは笑顔を向ける。「喧嘩だって弱いと思ってたし」

くふぁ、という音を口の端から洩らし、再び国重が笑い出す。そういう大きな笑顔を浮かべ、喧嘩が強ければ仲間も多いんじゃないだろうか、と思うが、彼はいつも孤独のようだった。国重は群れることを好まない、という噂もあって、しかし、ここにいる彼にそのような様子はなく、だからわたしはそのことを質問する。「どうして独りなの？」と。

「噂なんてものはあくまでも未確認情報だっつうのによ、みんな噂を信じるんだよな」と囁《ささや》くように答えを口にした国重は、弱音を吐いた、とでも思ったのか、顔を隠すようにして咳払いをし、「まあ、あれだ。俺に関する噂を信じた人間は誰も近寄ってこねえよ」と取り繕うように声を張った。「別にいいけどよ」と最後に付け加える。

前に立つ沢木が、メモ帳を力強く突き出してくる。「俺のことを忘れてないか」という言葉が書かれていて、彼は非常に不満そうだった。

「そっか」わたしは跳ねるように頷く。「沢木がいたね」

「ずっといた」という大きな文字を向けてくる。

「ずっと一緒なの？」と訊ねると、「幼稚園の頃から」との答えがあった。

「へー、幼馴染《おさななじみ》なんだ。幼稚園からだと、長いね」

「腐れ縁だな」と言った国重の表情は嬉しそうだったし、心強そうでもあった。「腐った縁がさらに発酵している」

「臭ってきそう」とわたしは渋い顔をしたのだけれど、「友情の匂いですね」と平原が真面目な顔で言うものだから、噴き出してしまった。

昼食後、「殺し屋に会いたくねえか？」と国重が突然話しはじめたので驚いたが、どうやら話とはそのことらしかった。

「もう一度、言ってくれ」と沢木がメモ帳に書き、平原は首を傾げている。「会いたくないけど」とわたしは冷静に答えた。

「嘘だろ、殺し屋だぞ」

「本当だよ、殺し屋でしょう」

「先輩」平原が遠慮気味に割り込んでくる。「そもそも殺し屋なんているんですか？」

「牛乳好きの孤独な殺し屋を知らねえのか。あと、後ろに立たれるのを嫌う殺し屋もいる」

「どちらもフィクションです」

「じゃあ、マーダー・インクだ。アメリカのマフィア直属の殺人請負機関。アルバート・アナスタシアやルイス・バカルターなんかがいた」

「もうありませんよ、そんな危なっかしい組織。一九三〇年代の話ですよね、それ」

「悪いのかよ」国重は劣勢を吹き飛ばそうとするように声を張ったが、効果はないようだった。けれど彼はそんなことでは挫《くじ》けない。「けど、証拠ならあるぞ」

「証拠、ですか？」

わたしたちは、国重を注意深く観察するような目になった。彼がお尻を浮かし、ポケットをわさわさと探る様子を見ている。「これだよ」と言って右手を突き出し、その手には色のついたカードのようなものが握られていた。

写真だ、とすぐに気づく。わたしを含めた三つの頭が覗き込み、そして同時に離れた。「何、これ」という声を出したのはわたしだけだったが、共通しているのは不快そうな表情だった。

周囲の風景から、森か山の中なのだろうとわかった。地面は黒い土で、樹木の太い幹や低い木の枝も写っていた。そんな写真の中央に、人の姿がある。白いシャツにジーンズ姿という軽装で、目を閉じて仰向けに寝転がっていた。右足がくの字に曲がっていて、万歳でもするように両腕を上げている。熟視したわけではないけれど、青白いその顔は二十代半ばくらいに見えた。

「こいつ、死んでるだろ」国重が写真を揺らす。「ほら、腹や胸のところに赤黒く血が滲んでる」

「嘘」わたしは小さく驚き、この場から逃げたい気持ちになる。それでも逃げ出さなかったのはスクリーンの中の死を眺めているような、小説の中の死と触れ合っているような感覚で、その事実を捉えていたからだった。「作り物でしょう、それ」

「趣味の悪いイタズラだ」と沢木がペンで非難する。

平原だけがもう一度写真を覗き込んで、「死んでますね」と頷いた。宝石の鑑定士がダイヤモンドを鑑定する様に似ていて、君は専門家ですか、と訊ねたいところだったが、いくら噂の信憑性《しんぴょう》を疑っているわたしであっても、人殺しという噂の彼にそれを訊ねることはできなかった。専門家です、と言われそうな気がしたのだ。

「どうしたんだよ、それ？」と沢木のメモ帳が質問し、わたしは国重の答えを待った。

「拾ったんだ、昨日」と国重は言い、学校から一番近いＪＲの駅から都心に向けて二つ進んだ駅名を口にして、その近くにある小さな公園のベンチの下で拾った、と説明した。

「でよ、こいつは殺し屋に殺されたと思うんだよ」

「どうして？」

「普通、写真なんて撮らねえだろ」国重の口調は説得するようでもあった。「殺した理由が何なのかは知らねえけど、恨みとか、保身だとか、自分の利益のためだとか、いろいろあるんだろうけどよ、絶対に写真は撮らねえよ。殺したあとに写真を撮るなんて普通じゃねえし、必要のない証拠を増やすだけだ。それなのに写真を撮る人物がいるとするなら、そりゃ仕事の報告義務のある殺し屋だけだろ。殺しました、っていう報告のために依頼者に渡す写真だって。そう思わねえか」

「思わない」とわたしは素早く答えた。思いたくない、という気持ちもある。

「それにな、これだ」

国重は、まだあるんだ、という表情をして、写真を裏返す。

写真の裏には文字が書かれていた。神経質そうな細かい文字で、角張っている。その内容を確認しようとまたも三つの頭が写真を覗き込んだ。

『四月十一日　午前四時二十一分　金永徹』

「昨日だ」とわたしはつぶやく。「ずいぶん早起きだね」

「これってよ、こいつが死んだ日付と時刻だと思うんだよな。命を引き取った時間だ」

「名前は？」と沢木がメモ帳を差し出す。

「当然、こいつの名前だろ」

「殺し屋の名前かもよ」

先ほどは、その存在を否定したにもかかわらず、わたしはそう言っている。

「自分の名前を書いてどうするんだよ。何の意味がある」

「自分が殺した、という証明」

「名前を書いただけでそれを証明することができるなら、俺の名前をそこに書けば、俺がそいつを殺したことになるのか」

「ならない」と素直に敗北を認めた。

「だろ。絶対にこれはこいつの名前だって」

「それで」平原の声は落ち着いている。「これをどうしようというのですか、先輩」

「こいつが本当に死んでいて、殺されたのが金永《かねなが》っていう奴なら、そいつを恨んでいる人間がいるってことだろ。そいつが殺し屋に依頼したんだ。そいつを見つけて話を聞けば、殺し屋に辿《たど》り着く。会えるじゃねえか、殺し屋に。チャンスだ」

「それをチャンスと捉えるのかは意見が分かれそうなところではありますけど、会えそうではありますね、それなら」

「だろ。だからまずは、金永って奴のことを調べようぜ」

「調べようぜ、ってどうして殺し屋を探さなきゃいけないのよ」

だって楽しそうだろ、という国重の答えはあまりにも短絡的で、脱力しそうになる。

「警察に届けたほうがいいんじゃない」と返したのだけれど、そこに反論と呼べるだけの力はなかった。

「その意見は却下だ」

「どうして？」

「そんなことをして、何が面白いんだよ」

「うわっ」その潔い理由に拍手を送りたくなる。「すごい」

「でも、面白そうではありますね」と平原が乗ってくるので、わたしは胸騒ぎを覚える。

沢木のほうに視線を向けると「だったら」と書かれたメモ帳をぱんぱんと叩いていた。

「何だよ？」と国重が訊ねる。

沢木はあたりを気にするように左右を窺ったのち、その場を離れ、ドアを開けて校舎に戻った。それから一瞬だけ姿を消したかと思うと、すぐにまた現れる。

「何やってたんだよ、淳之介」

再び現れた沢木の右手には、先ほどまでは持っていなかった紙袋が提げられていた。

「何だ、それ？」

沢木はメモ帳に素早く文字を書き込むと、それをこちらに見せた。

「実は、俺も拾った物がある」


沢木が紙袋の中に手を突っ込んでごそごそとやり、それから慎重に中のものを取り出した。壊れ物を扱うようにゆっくりと、息を止めている様子でもある。地面に置く時も、ぎこちない動きだった。

それは小さなもので、黄色い油紙のようなものに包まれていた。どこかで見たことがあるぞ、と思い、映画の一場面を思い出す。緊迫感を煽るようなバックグラウンドミュージックが流れていて、薄暗い部屋で一人、人相の悪い人物が油紙の中身を確認している。

「拳銃《けんじゅう》ですね」と平原が緊張感のない声で言うものだから、最近の若者は拳銃など珍しくないのだろうか、と勘繰ってしまうが、わたしもその若者の一人であるし、それに隣の国重は「まじかよ」と声を引き攣《つ》らせていて、沢木も弱った顔をしており、平原の反応のほうが異常なのだな、と安心した。

黄色い紙を剝《は》ぎ取ると、小型の拳銃が姿を現した。グリップの部分だけが黒く、あとは銀色だった。素人のわたしが判断するので自信はないが、子供用に単純化、軽量化したものに見える。

「なるほど」と躊躇なく、平原が拳銃を持ち上げる。手の中で弄《もてあそ》ぶようにしながら、二人の外国人の名前を繫ぎ合わせたような言葉をつぶやき、「アメリカ製の真正拳銃ですね」と言った。

「詳しいじゃねえか、啓太」と国重が顎を突き出すようにする。

「まあ」と言って平原は鼻先を搔いたが、照れているようではなかった。むしろいとわしそうで、落ち込んだようにも見え、それからそのあとにつづいた言葉が「大嫌いですから」というもので、全員が首を捻った。

「好きじゃなくて？」とわたしが代表して訊く形となる。「だから詳しいんじゃないの」

「僕は嫌いなものにも真摯《しんし》でありたいんですよ。中途半端な知識で、そのものをよく理解もしないうちに嫌うってことは間違いだと思うんです。そのものをよく調べて知識を得たところで、やっぱり嫌いだ、と認識するわけです」

「変わってるな、お前」

「変わっていますね、僕は」

そこで「あっ」という声が聞こえ、わたしは首を縮めるようにする。「何よ」と国重を睨んだ。

「この拳銃って、もしかして、金永を殺した銃じゃねえのか。死んだ人間が写った写真とそれを実行するための武器がここにある。同じ日にこの場に集まるなんてよ、偶然っていうにはでき過ぎてるだろ。結びつけてもいいんじゃねえか」

「その二つを幼馴染の二人がそれぞれ拾ったわけ？」わたしは首を傾げる。「それこそでき過ぎじゃない」

国重はこちらを不満げに一睨みしたあとで、「どこで拾ったんだ？」と沢木のほうに顔を向けた。

沢木が必死にペンを動かす。「中学の頃の友人と会ったんだ」と書いたメモ帳を、平原が声を出して読んだ。

「だったら、ドリームに行ったろ」

「何？」とわたしは割り込む。

「中学の頃の溜まり場だ。小さな喫茶店。な、そうだろ?」

沢木が頷く。「いつもの席に座ると、足元にそれがあった」と書いた。

「で、持ってきちゃったの?」と責めるように訊くと、沢木の眉が申し訳なさそうに下がった。「そういうことなら、落とし物っていうか忘れ物だね」

「殺し屋の忘れ物だ」と国重が決めつける。

「違うみたいですよ」平原だ。拳銃を弄《いじ》くっていて、中央部にある弾倉をずらして外に出した。拳銃を立てるようにして、弾丸を取り出す。「五発とも綺麗《きれい》に入っています。使われた形跡はないようですし、新品ですよ」

「間違いねえのか?」

「はい」平原は頷きながら、再び弾倉に弾丸を装填《そうてん》していく。「間違いありません」

「何だよ」国重が残念な声を出して、肩を落とした。間延びした声が校舎に跳ね返って、響く。「殺し屋の武器じゃねえのか」

「それで先輩、これはどうします? さすがに警察に届けますか」

「当然でしょう」とわたしは大きく頭を前に倒した。

沢木がメモ帳に何かを書いた。「それじゃ面白くない」

君も退屈を嫌う性質なのか、と身体の力が抜け落ちる感覚がする。君も国重と同種の人間なのか、と頭を抱えたくなった。彼ら二人がともにいるのは、ただの幼馴染というだけではなく、そういう発想が同じで、楽しみ方に対する波長が嚙み合っているから、というのが大きな理由なのかもしれない。けれど、わたしは違う。「犯罪だ」と言ってやった。

「優しさだ」という答えが返ってきたので、説明を求めた。「今、警察は犯罪件数の増加によって、とても忙しい」と先ほどよりも濃い字を書き、その言葉の強さを演出する。

そのことについては昨夜のニュースでも特集を組んでやっていた。ミサイルを向けられている恐怖のためか、それとも将来を悲観して自棄になったのか、首都圏を中心に凶悪犯罪が増えているようだった。理性を失った中年男性が包丁を振り回し、無差別に通行人を傷つける。武装した外国人が民家に押し入り、住民を撲殺したのちにお金を奪う。埼玉県のある町などでは連続放火事件がつづいている。もちろんそのほかにも小さな事件は多発していて、狂気と暴走が街のあちらこちらで噴き上がり、鎮圧と抑止に警察は忙しそうだった。

この国でさえそうなのだから、アメリカではもっとひどい状態で、ニューヨークにある有名なビルから黒煙が上がっていたのを先日、テレビで観たばかりだ。

「そんな状況の中で拳銃なんて持って行っても迷惑なだけだ、ってこと？」と訊ねると沢木が、その通り、とばかりに指を差してきた。「だったらどうするの？」とつづける。

「警察の代わりに持ち主を見つける」と書かれたメモ帳を読んだ。そしてわたしは最後の文字に注目する。「俺たちで」

「わたしを巻き込もうってこと？」

「お前にも関係あるって、辻尾。これは屋上の危機だ」国重が声を強くする。「平和な屋上に、死と武器が持ち込まれた」

「持ち込んだのは二人じゃない」

「それは」国重が、沢木と顔を見合わせる。数秒そうしたのち、「油断していた」と何食わぬ顔で言った。

そういうのを油断とは言わない、と言いたいところであったが、本当に油断していたのは屋上の平和は揺るがないと信じていたわたしであり、言葉を呑《の》み込む。あの国と同じだ、とがっかりする。

「だったらよ」国重が語調を荒くした。「お前たちも何かやりたいことを言えよ。屋上部の活動として、全員で動こうぜ」

「ないよ、そんなの」わたしはぴしゃりと言ってやる。「何も拾ってないし」

「じゃあ」と言ったのは、平原だ。何か拾ったの、と素早く視線を合わせて注目したが、「何かを拾ったわけではないんですけど」という前置きがあり、安堵した。

「何かやりたいことがあるのか？」

「やりたいこと、っていうのか、確認したいことですね」

「何だよ」

「罰神様《ばちがみさま》」


廃病院に現れる赤いワンピースの女性は、恨みを持つ男性の髪の毛と名前の書かれた紙を手術台の上に置くと、一週間以内に殺してくれるという。ある住宅街にある坂道には汚れたトレンチコートを着た痩身《そうしん》の男性が現れ、その坂道を雨の日に下ると、その者の首を斧《おの》ではねるという。

いわゆる、都市伝説というやつだ。そんな眉唾《つば》物の話が、この堀江桜町にも存在していた。平原の「罰神様」という言葉を聞き、それを思い出す。

小さなトンネルの姿が思い浮かんだ。四十メートルくらいの長さで、車一台がやっと通れるほどの道幅しかない。高さも二メートル半ほどで、大型車両は通行が制限されており、楕円形のトンネルではなく、四角形をしたトンネルのその上部には鉄道の線路が走っていた。

「罰神って、あのトンネルに出るっていう、あれか?」と国重が訊ねる。

「はい。トンネルの入り口に赤字で×印を書いて、トンネル内を進む。中央あたりで止まり、頭の上を電車が通過するのを待つ。電車が通過する間は電灯が消えて暗くなるので、そこで目を閉じて祈る。すると罪を背負う者や業が深い者には、罰神様が罰を与える。神の怒りに触れるほど大きな罪を持たない者や許された者はそのまま通り抜けることができる」平原が淡々とした口調で説明をした。「そういう話ですよね。つい先日、そういう話を聞きました」

「遅い」わたしは叱るように言う。「二年くらい前から有名だよ、その話」

「その儀式を行なえるのは、完全に日が落ちてからなんだよな。それも一人ずつしか入っちゃ駄目なんだよ」

「もしかして、行ったことがあるの?」

「ねえよ。いるわけねえだろ、罰神なんて」

沢木がメモ帳を出してきた。「半年くらい前、四組の高橋《たかはし》がそれを試して、病院に担ぎ込まれた」

それを平原が読んで、「へー、そうなんですか」と声を弾ませた。

「階段から足を滑らせたんだ。たぶん、そんなところだ。で、それを利用した」国重が決めつける。「名前が平凡だからな、目立ちたかったんだって」

「そういう話なら、わたしも聞いたことがあるよ。弟の中学の後輩が怪我《けが》をした、って言ってたし、父さんの知り合いの娘さんも怪我を負ったらしいよ」

「知ってるか、お前ら。残念なことだけどな、人間は嘘をつくんだ。それによく考えろ。怪しいだろ、罰神なんてよ」

「罰神様のことなんて信じてないよ」と言うと、意外な返答だったのか、国重は瞬き《まばた》を多くした。「でも、何かがいると思うんだよね、あそこ」

「俺も」と書かれたメモ帳が、前に出された。「あそこには何かが潜んでいて、蠢い《うごめ》ている気がする」

「確かめてみたいんですよ」平原が弱々しい声を洩らす。「駄目ですか、先輩」

何を確かめる気なの？　と訊ねたかったのだけれど、自分の罪が許されるのかどうか、という言葉が返ってきそうで、わたしは尻込みをする。彼は人殺しなんだっけ、とじろじろと見つめてしまう。何ですか？　とその視線に気づかれたので、「髪の毛、切ったほうがいいよ」と慌てて伝えた。

「ですね」と平原は長く伸びた頭頂部の髪の毛を引っ張るようにする。

「じゃあよ、まずはその罰神って奴の正体を暴こうじゃねえか」

「それは」と言った平原の声は不満そうだった。「とりあえず片づけよう、という乗りですか」

「というか、これは屋上の危機だ」

「何を持ち込んだの、平原君」とわたしは、彼を見つめる。

「さあ、何でしょうか」と平原が自分の両手に視線を落とした。

「啓太は罰神の話をして、屋上に疑念と好奇心を持ち込んだ。解決すべき順番としては最優先事項だって」

「死や武器よりも、ですか？」

「疑念と好奇心は悲劇を呼び込むだろ。戦争がはじまる要因に、必ずその二つは含まれてる。アメリカも、大量破壊兵器の疑念と地下資源への好奇心で中東の国に戦争を仕掛けたじゃねえか。それが原因で今も苦しんでる。一刻も早く解消したほうがいい」

　彼のその言葉が強くて、そうかもしれない、と不覚にも納得してしまう。不良が戦争を語る姿に違和感はあったけれど、それが不意を衝《つ》く形となり、動揺し、反論すべき部分も見つからず、頷いてしまったのではないか、と自己分析をした。

「じゃあ早速、行くか？」と書かれたメモ帳を沢木がみんなに見せるようにした。

「今夜ですか」

平原の口調は平らで、賛成なのか、それとも不都合であるのか、判然としなかった。

「それ、明日にしようぜ」

先ほどと言っていることが違うじゃない、と言いたくなり、だから実際にその通りのことを国重に言ってやった。ばしっと。

「今日はバイトなんだ。休めねえし、抜けられねえ」

「普通科って、バイト禁止じゃなかった？」

「禁止されたくらいじゃ、俺は止められねえって」国重が胸の筋肉を主張するように突き出す。「俺を止めたきゃな、殺傷能力の高い武器を持って来いっつうんだ」

「あるけど」わたしは地面に置かれている拳銃を見る。あまりにも無造作に置かれていて、それが滑稽《こっけい》にも思えた。「止めてみようか」

「意地悪だなー、辻尾は」国重が無闇に声を伸ばす。「うん、意地が悪い」

「駄目だなー、国重」わたしは口角を吊り上げる。「女の子はみんな意地悪だよ」

国重は何か言いたそうな表情だったが、言葉が喉《のど》を通って出てこないようだった。

「女って言われると、男は何も言えませんよね」と平原が唸《うな》り、「そうだよ、そう」とようやく声を発した。「ずるいだろ」と子供のようなことを言う。

「女はずるい生き物でもある、のよ」

笑顔をいっぱいに浮かべながら、そう言ってやった。


わたしが電車に乗って町の中心部まで出たのは、弟に「姉ちゃん、もてないだろ」と言われるためではない。「電話するとすぐに来てさ、予定とかないのか。相当、暇なんだな」と可愛くない。

殴り飛ばしたい心情ではあったが、しかし、だからといって人通りの多いこの場所で手を上げるわけにはいかず、けれど苛立ちを態度で表したいと思ったわたしは、胸倉くらいは摑もうと腕を伸ばしたのだが、そこで弟の背後に人の気配を感じ、手を引っ込めた。

坊主頭の高校生らしきその男は、「何だよ美人じゃん、寛之の姉ちゃん」と言い、単純であるわたしはその言葉によって苛立ちが薄らいだ。「そうなんですよ、綺麗なんですよ。それなのにうちの愚弟は、もてない、って言うんですよ」と調子に乗るようなことはない。頭を下げて、挨拶をした。

「おいっ」と呼ぶように車のクラクションが響き、そちらのほうに頭を振ると車道の向こうに、流線型をしたスポーツタイプの車が停まっていた。月極《つきぎめ》駐車場の出口のところだ。街灯の下で、白い車体が震えている。高級ですけど、と高飛車に足を組んでいるようにも見えた。

そんな車の運転席から、サングラスをした男が顔を出していて、早く来い、と言わんばかりにこちらに向かって手招きをしている。

今、行きます、と坊主頭の男が手を挙げ、「じゃあな」とこちらに顔を向けた。男は小走りに車に近づくと助手席に回り、乗り込む。咆哮《ほうこう》のようなエンジン音を残して、車は走り去った。

「何者なの、あれ」

「坊主頭のほうは、『Gold Park』っていうバンドのボーカル。今のところ、人気爆発中」

「今のところ、なんだ」

「そのうち、俺が追い抜く」

「言うと思った。じゃあ、彼は当面の目標ってことね」

「何言ってんだよ、姉ちゃん。俺がとりあえず目標にしてんのは、『36KINGS』っていうバンド。一年前にメンバーの一人が交通事故に遭って亡くなって解散したんだけど、このあたりじゃ伝説になってる。直接見たことはないけど、音源は聴いたことがあるんだ。彼らの音楽は最高だよ。解散ラストレイヴはすごかったらしい。将来のロックンロールスターがとりあえず目指す目標としては、相応《ふさわ》しい」

「偉そうだぞ、弟」

「偉そうに声を上げることがロックンローラーなんだよ、姉ちゃん」

ロックとは都合がいいものなのだな、と苦笑する。「それで、あの車の男は?」

「ただの大学生」寛之は平らな口調で答える。「でも、金だけは持ってるらしいんだ。親が過保護な金持ち、ってやつ。それで、『Gold Park』のことをいろいろと面倒を見ている、ってわけ。スポンサー気取りなんだ。あいつらをメジャーデビューさせて、自分が育てた、とか言いたいんだよ。いい音楽家のそばには金持ちのスポンサーや腕利きの音楽プロデューサーがつきものだけどさ、俺は嫌だな、あいつ」

「どうして?」

「金を力だと思ってる。自分の金でもないのに」寛之が唇頭を突き出す。「ああいうタイプは一人じゃ何もできない。腰抜けだよ」

「それは嫌かも」

まあ、そんなことはどうでもいいんだけど、という間が空いたあとで寛之が「で、持って来てくれた？」と右手を差し出した。

「はい、これ」紙袋を渡した。中身は着替えだ。「今日も泊まり？」

「明日は日曜日だし」と笑う弟の顔は自慢したくなるほど輝いていて、羨《うらや》ましくもなる。「いい曲ができそうなんだ。テロリストたちも、すべてを忘れて聴き入っちゃいそうなやつ」

「そっか」頑張れ、というのは照れくさかったので、「早く世界を救ってね」とからかうように言った。

「世界を救う」寛之が言葉を噛み締める。「姉ちゃん、いいよ。それこそロックンロールスターだ。俺の仕事」

「寛之の後ろにいる神様も喜んでくれるかもね」と話を合わせると、お調子者の弟は嬉しそうにギターを掻き鳴らす仕草をした。

それじゃあ、と帰ろうとすると「気をつけて帰れよ」と寛之に言われ、そういう気遣いができるようになったのか、と嬉しくなった。成長だ、と思う。「物騒だからさ」

「大丈夫、お姉ちゃんはもてないから」

「そうだよな」と寛之が笑う。

わたしは愛すべき愚弟の頭を強めに撫《な》でた。


駅へと向かうために近道をする。怪しい光に包まれたその細い通りには、現実のものとは思えないほどユニークな建物が多く、遊園地の愉快さを売りにしたところもあれば、高級感を漂わせた、落ち着いた様相のものもあり、しかし目的や利用者がカップルというところは同じで、そこを歩いている者は二人組ばかり。わたしは肩身の狭い思いに駆られる。

ラブホテルのつづく通りだった。駅に出るには便利な通りで、昼間には何度も通ったことのある道だったけれど、夜は別世界だな、と溜め息をつきたくなる。誰もわたしのことなど気にしてはいないのだろうが、自然と歩調が速くなる。

そんなわたしの足を止めるものがあるとは予想もしていなかった。隠れたいような気持ちもあったが、本当に隠れるとも思っていなかった。飛び退《の》くように道を逸《そ》れ、可愛らしい水色の象の置き物に身を潜める。腰を屈《かが》め、少しだけ顔を出し、斜め右前方を窺う。

古びた洋館のような建物から、ある人物が出てきたのだ。スーツ姿に眼鏡、ネクタイを絞め直すように首元を気にしている男に、わたしは注目していた。

不良のポリシーはどうしたの、と叫びたくなる。

国重嘉人の頭はリーゼントではなく、前髪を下ろし、サイドを後ろに流し、軟派な感じがした。大人びたその風貌は夜の世界のベテランのようで、笑顔にも余裕が窺える。眼鏡は変装のための、または知的さを演出するための小道具のように見えた。うるさいくらいに心臓が騒いで、どうしようもない。どうして隠れなくちゃいけないのよ、と思うが、出て行く勇気はなかった。

国重の前には、派手な格好の女性がいる。三十代前半くらいの年齢に見えた。赤い口紅が浮き出ているようにどぎつく、高いヒールには気の強さが表れているようにも感じられた。高級そうな洋服はスカートが短く挑発的で、横顔だけだからわからないけれど、美人に見える。バラの花が醸し出すような、濃厚な美女だ。

そんな女性が何かを喋っていて、そして国重が応えるように笑っている。誰が見ているかもわからないのに、堂々とホテルの前でお喋りだ。何なのよ、といらいらが増す。

今日はバイトなんだ、という国重の言葉を思い出した。もしかしてこれがバイト？　女性とデートをして、そしてホテルに向かう。出張ホストというのか、男性版援助交際というのかは知らないが、そういうことをやっているのではないか。そういう様子にしか見えなかった。素手で汚泥を触っているような不潔さを感じる。

女性がちょこんと頭を下げ、手を振る。国重も頭を下げて、それに応えた。女性が背中を向け、遠ざかって行く。国重はそれを見送っている。

女性がいなくなったところで、国重がポケットから何かを取り出し、ごそごそとやったあとで口に咥《くわ》えた。赤い火を口元に灯し、それから煙を吐いた。仕事をやり終えた満足感や疲労感を吐き出すようで、美味しそうにも見える。

落胆の度合いは意外にも大きかった。そういう男だったの、と肩を落とす。どこかで、周りの人間とは違う特別感を彼に期待をしていて、面白そうな人物だ、と興味を惹かれてもいて、それなのにこういう結果とは、自分の見る目のなさにもがっかりとした。

国重が公園のほうに向かって歩き出した。背筋が伸び、颯爽《さっそう》としてはいたが、魅力的には映らない。彼がそばを通り過ぎるので、背中を向けた。

別にどうでもいい、と心の中でつぶやく。象の陰から飛び出すと、駅に向かって歩きはじめた。「何が屋上の平和を守る、よ」と知らず声を出している。ラブホテル通りを抜ける頃には、落胆は苛立ちに変わっており、女の敵だね、とわたしは頬を膨らませていた。

## 3

翌日は日曜日で学校は休みだったが、今日が平日だったなら屋上には行かなかっただろう、と考えていた。昨夜の光景が頭に張りついていて、苛立ちは治まるどころか増しているのだ。平和な屋上にそんな危険な心情を持ち込んではいけない、という気持ちではなく、理由は簡単で、国重の顔を見たくないだけだった。

自室に引っ込んで、テレビの中の世界の慌てようを見物する。暴動の理由は判然としないが、アメリカの都市部の町で警官隊と揉める人々の姿が映し出されている。あまり良い過ごし方とは言えなかった。テレビに映る彼らも、わたしも、だ。机のほうに視線をやり、スケッチブックの入ったトートバッグを見るが、課題に取り組む気にもならない。

チャンネルを変えると、近藤さんが出てきた。その声を聞きながら、弾道ミサイルの命中率が日増しに良くなるな、とわたしはソファで横になる。「独自のルートで得た情報によりますとね、テロリストたちは全員、身体に爆弾を巻きつけているらしいです。その爆弾というのが心音に反応して起爆するもののようで、殺されて心音が消えると、ドカン、という仕組みですよ。だから手が出せないんですよ。恐ろしいものを考えますよね」

日曜日の午後の日差しは眠気を届けてくれる。半分ほど瞼《まぶた》が下りていて、近藤さんの声も半分以上は聞こえていなかった。ちょっと静かにしてもらえますか、と唇を動かし、完全に瞼を閉じる。

携帯電話が鳴っていることに気づき、目を覚ました。両腕に力を入れて上半身を起こすと、テレビ画面にはまだ近藤さんが映っていて、少ししか眠っていないのだろうか、と壁掛け時計を見たが、優に一時間は経過していた。

テーブルの上の携帯電話に手を伸ばし、耳に当てる。「もしもし」と言うと、「辻尾か」という乱暴な声が聞こえ、眠気が一瞬にして吹き飛んだ。

「何？」と鬱陶《うっとう》しそうに答える。

「何、じゃなくてよ。罰神のことだって」

「ああ、そのこと」

「今夜だからな。わかってんだろうな」

「これでも記憶力はいいから」わたしは平淡な口調で言う。「今日はバイトじゃないんだ?」

「ねえよ。何だよ、さっきから機嫌悪いな」

「そうでもないよ。いつもわたしはこんなものだから」

「そうかよ」国重は釈然としないようだったが、それ以上は深入りしてこない。そんなことよりも、とつづけた。「今日、来るだろ?」

行くわけがない、と答えようとしたが、思い止まった。

負けじゃないか、と思ったからだ。昨日のことがあって、行かない、ということは国重のことを気にしていて、それで意地になって彼との距離を遠ざけようとしているようで、そのことが悔しかった。わたしは彼のことなんてどうでもいいんだから、堂々と参加すればいいのよ。関係ないのだから、普段通りにしていればいい。取り乱すなんて、負けと同じ。わたしらしくない。

「もちろん、行く」と答えた。

良かった、と国重が言い、「え、良かったの」と心が揺れるが、何てことのない小さな言葉を拾い上げるなんて負けだよ、と緩みかけた紐《ひも》を引き締める。

それから国重は集合場所を告げ、わたしはそれを記憶し、「わかった」と頷いたあとで、電話を切った。

テーブルの上に携帯電話を置き、ふう、と息を吐き出す。テレビに視線をやると、二週間前にできちゃった結婚を発表したアイドルのことを、近藤さんが好き勝手に批評していた。

待ち合わせは桜木《さくらぎ》商店街の近くにある地下鉄の駅で、午後七時半に改札口に向かうと、すでに三人の姿があった。遅いぞ、という声はなかったけれど、やっと来た、という雰囲気はあった。三人とも軽装で、国重は今すぐにでも運動ができそうな格好だった。

拳銃は？ と小声で訊くと「屋上のロッカーの裏側に隠した」との答えがある。屋上へ出て、ベンチのある場所へと向かわずに裏へ回ると、不用になったロッカーが三つ並んでいる。その光景が頭に浮かんだ。

切符を買い、地下鉄に乗る。目的地は一駅向こうなので、三分ほどで到着するはずだった。身体を寄せ合うほど混んではいないが、座ることはできない。

何だよ、と国重に言われて、彼を見ていたことに気づいた。「眼鏡」とわたしは指を差す。

「眼鏡っていうのはな、視力が悪いからかけるんだ」国重が嫌味げに言う。「目が悪いんだよ、俺は」

「学校ではしてなかった」

「学校では必要ねえし、昼間は裸眼でもぼんやりとなら見える。電柱と人間の区別くらいはつく。けど、夜は輪郭が滲んで見えにくいから、日が落ちたらかけることにしてんだ。それだけのことだ。迷惑かけたかよ」

「迷惑よ」とわたしは反射的に返した。一方で、昨夜のあれは変装ではなかったのだな、と思っていた。

「喧嘩か？」と書かれたメモ帳を、沢木が見せてくる。その様子が異様だったのか、前に座る化粧の濃い中年女性がおかしな顔をした。

「してねえよ」国重が言う。「こいつとじゃ、喧嘩にもならねえって」

「同感」と頷いたわたしに、ある疑問が浮かぶ。「そういえば国重と沢木って、会話をしてたよね」

「そりゃするだろ」

「どうやって？　そんなに視力が悪いんじゃ、字なんて読めないんじゃない？」

「幼稚園からの付き合いだぞ、淳之介が何を言いたいのかなんて、だいたいわかるっつうの」国重が、沢木に笑顔を向ける。「それに、啓太がいちいち音読してくれてただろ、あれは助かった。時々、不便なことは確かにあるんだ」

平原のほうに顔を向けるが、彼は話に参加する気がないようで、窓の外の暗い景色をぼうっと眺めていた。何を考えているのだろう、と想像するが、わたしも暗い景色を眺めているような気分になる。

「あれっ」と言って、国重が身体を近づけてきたので、思わず逃げてしまう。息がかかる距離に彼の顔があった。「何？」と不安げに言葉を発すると、彼がわたしの側頭部のあたりを指差した。

「それって、ピアスだろ」

「え、まあ」わたしは耳にぶら下がるピアスを触った。先ほどまでの険悪さはどこに行ったのか、彼の顔には笑顔があって、戸惑ってしまう。「そうだけど」

「桜だよな」

「うん、桜の花弁。一年の授業の時に自分で作ったんだけど」

「本当かよ、すげーな」国重が大仰なほどに驚く。「さすがはデザイン科」

見つけられた、という気持ちになり、わたしは照れくさくなる。気づいてもらえたことに、胸の奥がこそばゆくなった。「ずっとしてたんだけど」とその気持ちを隠すように言葉をぞんざいにするわたしは、とても子供っぽい。

「だから、目が悪いんだって。かなり近づかねえと、そんな小さなものは見えねえ。お前の顔も今、はじめて認識できた」

「そうなんだ」

それはそれで照れくさい。

「いいな、そのピアス」

ありがとう、という言葉が喉から出かかるが、ふっと昨夜のことを思い出し、あの女性にも同じようなことを言っているんじゃないの、と想像を巡らせ、「いいな、その赤い口紅」という国重の声が聞こえた気もして、わたしは春の陽気にも似た気持ちを胸の中から追い出した。

「あげないよ」と顔をそむける。


駅に到着すると、公園通りと呼ばれる片道二車線道路の歩道を固まって歩いた。通りの両側には桜の木が四キロに渡って植えられていて、練馬《ねりま》区にある桜並木で有名な大泉学園《おおいずみがくえん》通りとは姉妹通りになっているらしい。先週までは桜の花の見頃で、夜もライトアップされていたようだったが、今はひっそりとしている。車通りはそれほど多くなく、前方から来る車のライトに悩まされるのは時々だった。

「弟を殺しちゃったんですよね」という平原の声が聞こえ、わたしははっとする。

「そうか」国重が何事もないように頷いた。「俺が噂で聞いたのは、兄貴を殺した、っていうものだったけどな。弟のほうかよ」

「ほう、なんです」

わたしだけが置いてきぼりになっていた。実際に足を止めていて、「何やってんだよ」と国重に言われる。

「あのさ、わたしはものすごく驚いてるんだけど」と告白する。声を上擦らせながら、「沢木も落ち着いてるしさ」と非難するように言ったあとで、「男ってそういうものなの」と首を傾げた。

「まあ、そうだな」国重が頷き、平原に視線を向ける。「どういうことだよ」

「噂ではどうなってました？」

「お前が小学生の時、兄弟喧嘩がエスカレートして、三歳年上の兄貴を包丁で刺した。兄貴は死んで、刑事責任を問えない年齢だったお前は、専門の施設に預けられた。そんな感じだ」

「やっぱりその噂ですか。主流ってやつです」

真実は？　と好奇心を剝《む》き出しにして訊くことはできなかったが、心の中ではそれを求めていた。

「兄弟喧嘩ではなく、事故なんですよ」

「事故？」

「僕が五歳で、弟は三歳でした。祖父の家に遊びに行っていた時のことなんです」平原はそこで、少しだけ言葉に詰まる。「祖父は猟銃を持っていて、ですね。その日、手入れか何かをしていたらしくて、鍵のかかった棚から出していたんです。そして、尿意を催したようで、その途中で席を外した。僕たちは外に遊びに行っていると思ってたらしいんですよね。そうでなければ、トイレに行く時も猟銃は棚の中に入れておいたはずですから」

「家の中にいたのか」

「いました。そして、テーブルの上に無造作に置かれた猟銃を見つけるんです」

「五歳と三歳じゃ、玩具《おもちゃ》に見えるな」

「危ないものだから、と言われてましたけど、持ち上げて、構えて、弄くってしまいました」

国重の相槌《あいづち》が消え、短い間が空いた。

「弾が入ってたんですよね」平原は悔やむようにつづけた。「銃声が響いて、弟が倒れました。最初は何が起こったのかわからなかったし、今でもよく覚えてないんですよ、その時のこと。ただ理解できたのは、弟が死んだ、ということで、それも、もう遊べない、というような理解の仕方だったんですけどね」

わたしは寛之の顔を思い浮かべていて、もしも自分の不注意で弟の命を奪ってしまったら、という不幸と悲惨の入り混じったような仮定の場面を想像し、息を呑む。許せないだろうな、自分のこと。

「弟を失った喪失感や、自分がやってしまったことに対する恐怖や後悔が押し寄せたのは、もう少し時間が経ってからですね。祖父は、自分のせいだ、と言ってましたけど、悪いのは僕です。その当時のニュースでは騒がれて、祖父が責められましたよ。管理が杜撰《ずさん》だ、とか、弾を入れたまま保管するのは法律違反だ、とか。でも、悪いのは自分だとわかっていましたね、その当時から。引き金を引かないと、人は死なないんです。母も泣きながらそう叫んでいましたし、自他ともに認める、ってやつです」

たまらないな、と思った。それが母親の本心だったのか、それとも気が動転していたための発言なのかはわからないが、母親に責められては逃げ場がないではないか、と気の毒になる。

「両親の離婚も僕のせいなんですよね」と平原がつぶやく。「あの事件がきっかけとなって、僕の周りから幸福が逃げて行きました」

「だから銃が嫌いなのか」という国重の言葉にはっとして、そういうことなのか、と納得した。

「だから嫌いなんですよ」

「何だよ、それが真実か。殺意なんてどこにもねえじゃねえか」

「ありませんよ」と言った平原の声は、いつものように瓢々《ひょうひょう》としていた。「いつしか、そういうことになっていたようですが」と苦笑いをする。「そのせいで、小学生の頃は相当いじめられました。でも、仕方ないですよ」

「おっ」という弾んだ声を、国重が出す。「俺もいじめられてたんだよ、小学生の頃」

「本当ですか」と平原が疑う。

「本当だって。なあ、淳之介」

沢木が頷き、「いつも俺が助けていた」と書かれたメモ帳を見せた。

あまりにも意外過ぎて、わたしは揶揄《やゆ》するタイミングを逸する。そういう雰囲気でもなかったが、惜しい気はした。

「いじめって嫌だよな。暗くて、じめじめしてて、救いがなくてよ」

「まあ、そうですね。あれはそんな感じです」具体的な何かを思い出したのか、平原が俯く。「下手に関わると危険だ、とでも思ったのか、今はなくなりましたけどね、いじめ。人殺しだから何をするかわからない、という誰かのアドバイスがあったのかもしれません」

「ぶっ飛ばしてやったけどな」と国重が怒鳴るように、言う。

「何を、ですか？」

「いじめ」

「それはすごい。いじめられっ子の逆襲ですね。先輩は強いです」

「俺が強いのは、諦めねえからだ。困難や問題から逃げねえからだっつうの。それ以外の何ものでもねえよ」

「もしかして」平原が微笑んだように見えた。「励ましてくれているのですか？」

「ちげーよ」国重が歩く速度を上げる。「ただの自慢だ」

国重が一歩先を行き、それを沢木が追いかけた。後方で、わたしと平原が残される。

「どうして話す気になったの？」とこっそり訊ねた。「あのでたらめな噂を訂正したり、打ち消したり、っていうことはしてなかったんでしょう？　どうしてわたしたちには真実を？」

「屋上部ですから」と平原は理由らしきことを口にしたが、わたしにはよくわからなかった。

公園通りから外れて、細い小道に入った。街路灯が等間隔につづいていて、視覚的に不自由はなかったけれど、嫌な風が吹いているな、と感じたのはあのトンネルが近づいてきているからだろうか、と不安になってしまう。

視線の先に自転車を押す人影があった。荷台に大きな荷物を縛りつけていて、前のカゴにも何やら大きなものを積んでいる。旅の途中なのだ、と言われれば納得しそうだったが、彼に目的地があるようには思えず、長い髪の毛や髭《ひげ》、それから汚れや汗が染み込んだ不衛生な服装から判断して、ホームレスなのだろう、とわかった。暗さやその風貌のせいで、はっきりとした年齢はわからない。

そんな男が、吠えるように叫び出す。「お、何だ何だ」と国重は首を伸ばすようにしたが、わたしは恐ろしくなる。

「核の雨が降るぞー、どこに逃げても同じだー」とホームレスが空に向かって喚《わめ》く。

「コレラ、リシン、肺ペストが襲ってくるぞー」と何かの警告なのか、そうつづけた。歌っているような感じでもあり、「神経ガス、びらんガス、窒息ガス……」と節をつけて叫ぶ。「世界は壊れるー」

「何なんだよ、あれ」と国重が首を捻った。

「生物兵器に使われる生物剤と化学兵器に使われる化学剤の種類ですよ」平原が答えを持ち合わせていた。「例のミサイルに搭載して撃ち込まれるんじゃないか、と懸念されているやつです。どうせ撃つなら、積み込むでしょうけどね。懸念じゃなく、確定です」

「じゃあ、何で嬉しそうなんだよ、あいつ」国重の首がさらに曲がる。「普通は怖がるだろ」

「わかりますよ、気持ち」

「わかるのか！」と国重が驚き、わたしもそのすぐそばで声を失っていたのだけれど、それだけではなく、平原に出会った時のことが思い出された。そして、気づく。「アピールだ」と声を上げた。

「何だよ」と国重が視線を寄越《よこ》した。

「もしかして、あの時のアピールってそういうことなの？」

「格好悪いですよね」

「格好悪いね」

「おい、何なんだよ」事態が呑み込めないようで、国重が眉間《みけん》を寄せて皺《しわ》を作る。

「説明しろ」

「だからね、平原君はあのホームレスの人と同じなんだよ」と言ったが、それでは説明になっていないな、と反省した。案の定、「似てねえよ」と国重に言われ、「そういうことじゃなくて」と言うはめになってしまう。

「あのね、死にたがっている、っていうこと」わたしは重くならないように語調に気をつけた。「自棄になって声を上げるあのホームレスを見て、ぴんと来た。彼のあれもアピールなんだよ。同じように平原君もあの時、死をアピールしていた。自殺をすることはないけど、早く殺してくれ、って。いつ殺してもらっても構わない、っていう」

「僕を殺せるのは、あいつだけですから」

「あいつ、って弟のことかよ」と国重が訊ねる。

「はい」

「暗い」国重が声を張る。何ごとかとホームレスの男が振り返るくらいだった。「ふざけんなよ、お前。屋上を何だと思ってんだよ。そんな個人的な暗さを持ち込んでんじゃねえぞ」

「屋上部員、失格ですよね」

「失格だ。改めろ」

「ですね」と平原は言ったが、納得している様子はなかった。

ホームレスの男を追い越したところで、「お願いがあります」と平原が言った。「金はねえぞ」と国重が素早く言い、沢木も顔の前で手を振り、断っていた。

「お金はあります」平原はさらりと言う。「そういうことではなくて、罰神様のことです。僕が試していいですか？」

「何だよ、そんなことか」国重が安心の息を吐く。「お前が言い出したことだろ。お前がやらなきゃ誰がやるっつうんだ。当然の権利だ」

「そうですか、良かった」

「じゃあよ、さっさと行こうぜ」

国重がさらに早足になる。

またもわたしと平原が後方で残された。「罰神様に会いたいわけ？」

「罰を与える神が存在していて、それがトンネルにいるとするなら、そいつは弟だと思うんですね。体験者の声、っていうのがネットに書かれていて、みんな違う姿形のものを見ているんですよ。昔、暴行を働いた相手に似ていた、とか、騙《だま》して貢がせた女性だった、とか。そういうことらしいんです。だったら会いたいじゃないですか、弟に」

「それで罰を受ける、ってわけ？」

「それもいいかな、と思ってるんです」

わたしはどう言っていいものかわからず、黙ってしまった。


急な坂道を下る。罰神様のトンネルは坂の下にあった。このあたりには建物が少なく、夜をより実感することができ、文字通り沈むような気分になった。

視線の先にトンネルが見えてくる。ぼんやりとした光はトンネルの中からのもので、街灯はなく、周囲は暗かった。両側にあるコンクリートの土手のようなものは、完全に影だ。トンネルを抜けると上り坂になっていて、そのまま進めば幹線道路につづいている。全体像を横から眺めれば、凹の形に似ているはずだ。都市伝説が広がってからは、夜の車通りは皆無に等しかった。

そこまで言えば寂しい風景を想像するかもしれないが、目の前には予想外の光景が広がっている。

「すごいですね」平原の声は煩わしそうだった。「何ですかこの人たちは」

トンネルの入り口に順番を待つような人の列ができている。五十人くらいはいるんじゃないだろうか。多種多様という表現が適切なのかどうかわからないが、学生もいればスーツ姿の者もいて、年齢や性別、思想や哲学などもきっとばらばらで、それなのに目的はきっとみんな同じで、普段はルールや規則など無視しそうな者たちまできちんと並んでいて、それが可笑しくもあった。得体の知れないものは、きっとみんな怖いのだろう。

わたしたちは列の最後尾に並ぶ。がやがやとした雰囲気に包まれ、儀式特有の神聖さや慎《つつ》ましさなどはまるでなかった。

「そんなことよりよ、これってあとどのくらい待つんだよ」

「ですよね」平原が頷く。「向こうも同じくらいの列が伸びてるんでしょうか」

「それは大丈夫」わたしは言う。「罰神様に会う儀式っていうのは、こっちからだけだから。入り口はこっち。どうして？ って訊かないでよ。そういうルール、としか答えようがないから」

「それにしても、だよ」国重は辛抱の足りない子供のようだった。「電車が来るのが十五分に一回だとしてもよ、気が遠くなるって。夜が明ける」

ミサイルに狙われている世界に本当に夜明けなど来るのだろうか、と関係のないことを考えてしまう。最終電車が過ぎれば朝を待つことなく解散になるよ、とも思い、そのことを伝えようとしたのだが、それを邪魔された。

「あれー」という声が聞こえてきたのは、トンネルに近い方向からだった。夜明けを知らせる雄鶏《おんどり》の声にしては低劣で、それに爽快さもなかった。

列から抜けてこちらに近寄ってくる三つの影がある。まさかわたしたちじゃないよね、と不安を消し去るように笑顔を作ってみるのだけれど、そういう時は得てして悪い予感というものが当たるもので、今回も御多分に洩れず、彼らはこちらを目指しているようだった。

彼らから受ける第一印象は、大きい、というもので、わたしは顔を伏せて後退しそうになる。彼らは柄のついでに性質も悪そうで、それぞれに格闘家とラグビー選手と業務用の冷蔵庫、というあだ名をつけてもよかった。悪相を絵に書いたような男たちだ。

「くー、にー、しー、げー」と発声練習でもするように腹から声を出したのは、格闘家と名づけた男だった。鳥の巣のような頭をしていて、そのために顔の大きさが強調されている。

「何やってんだよ、てめえ」

ラグビー選手は鼻の下と顎に髭を生やしていた。

一番大きな冷蔵庫は、国重よりも身長が高く、何も発言しなかったが、押さえつけてくるような威圧感があった。

「友達?」とわたしは一応、確認をしたのだが、「友達は選ぶ」と国重は彼らを睨みつけている。「喧嘩になるの?」とつづけて質問をすると、「残念だけどな、殴らなきゃわからねえ奴はいるんだ」との答えが返ってきた。

そんな国重の横で、準備運動でもするように沢木が手首を回していた。

巻き込まれないように距離を取る。列に並んだ人たちもこちらに注目していて、人口密度の高かった周りは暴れられる程度のスペースが確保された。喧嘩なんて怖い気もしたけれど、格闘技観戦が嫌いなほうでないわたしは興奮に近い感情が湧いているのに気づき、拳《こぶし》を握る。

「あれ、参加しないんだ?」

「僕が参加しても迷惑をかけるだけですから」平原が眉を下げて、笑う。「渡されましたから、先輩の眼鏡。下がっていろ、ということだと思うんですよね」

「苦手そうだよね、平原君は」

「勝てるでしょうか、先輩たち」

「どうだろうね」

彼らが負ける姿を想像することは困難だったけれど、それと同じくらいに勝利の雄《お》叫《たけ》びを上げている姿を想像するのも難しかった。

「知ってるか」格闘家の彼が間合いを詰めるように足を踏み出す。「俺たちは、お前が大嫌いだ」

なぜだろう、と思う。自分が応援するものはなぜだか弱く感じてしまう。三週間ほど前に行なわれたサッカー日本代表の国際親善試合も、格下の相手だったにもかかわらず、失敗や不運が襲うのではないか、と気が気でなかった。その時と同じ心境だった。

「誰だよ、お前」

国重は言って、右腕を振り被《かぶ》る。

圧勝というのはこういうことを言うのだろうな、とわたしはその勝利の見事さに感服してしまう。わたしの心配など、それごと吹き飛ばすような勝利だった。「うわっ、うお」と声を出して身体を動かし、自分も参加している気分になり、時にはオフェンス側に、時にはディフェンス側に自分を立たせ、その衝撃を想像した。

意外だったのは沢木の強さだ。体格の差が大きく、分が悪いのは明白だったのに、彼はそれをテクニックとスピードで補い、絡みつく軟体動物を思わせる動きで、いとも簡単に冷蔵庫の男を倒してしまった。巧みな技術を披露しているようで、演舞を見ているような心地もして、事前に密約があったのではないか、と疑ってしまうほど華麗だった。

それに比べると国重は殴る、蹴るという原始的ともいえる手法で相手を圧倒し、芸がないようにも思えた。

敗者がその場に留まっていられる時間は、そう長くない。彼らは立ち上がると、すぐに立ち去った。健闘を称える拍手はなく、憐憫《れんびん》の目が向けられていて、三人の表情は『消えてなくなりたい』と願っているようでもあり、ほんの少しだけだが同情の気持ちが湧いた。

「へー、強い強い」わたしは声を弾ませながら、二人に近づく。「喧嘩の王様みたい」

「何だよ、それ」国重が不服そうな顔をする。「もっとましな喩《たと》えをしろって」

「国重はどうでもいいんだけどさ」と突き放した。「沢木って強いんだね」

沢木がメモ帳に何かを書く。「不良少年の価値は喧嘩の強さで決まる」

「価値ですか」と仰《の》け反りそうになった。

「わかりやすくていいだろ。喧嘩の強さによって、自分がどれほどの男なのかがわかるんだよ。強けりゃ周りも自分も納得させられる。自分も捨てたもんじゃねえな、って思える。それが不良少年の特権だって」

「単純だね」と笑ったが、羨ましくも思った。自分はどれほどの女なのだろう。それを計る何かがあるだろうか。目の前にあるものは複雑でわかりにくいものばかりのように思える。男だったらな、とはじめて男というものに憧憬《しょうけい》の念を抱いた。

「シンプル　イズ　ベスト」

沢木のメモ帳にはそう書かれている。

「でも、喧嘩の効果はあったみたいですよ」と平原が言い、周囲を見回す。

釣られるように首を振ると、なるほど、先ほどまで長く連なっていた列がなくなり、トンネルの手前に数人が並んでいるだけになっていた。今の騒ぎが広がったためなのか、あとから来る者もいない。「貸切りになるな」と国重は暢気《のんき》に喜んだが、悪い気もした。

直後、電車が通った。眩《まばゆ》くて目を細めたくなるような黄色い光が右方向から来て、騒音とともに走り去っていく。少しの震動と生暖かい風を身体に感じた。車体の色はわからなかったけれど、四角い窓の中はよく見えて、車内は窮屈そうだった。

トンネルの明かりが消えている。

「次は俺たちの番だ」と国重が言ったのは、それから三十分後のことだった。やる気を漲《みなぎ》らせているというよりも、鬱憤《うっぷん》を晴らすかのような口調で、大きく伸びをする。

「じゃあ、ちょっと行ってきます」と平原。言葉は軽く、表情にも不安はないようだったが、そんなはずはないだろう。

「俺たちはここで待ってるからな」国重が自分の足元を指差した。「何かあったら、大声で呼べよ」

「大声を出しても、電車の走行音に負けてしまうと思いますけど」

平原がトンネルの左隅に、持参した赤色のペンで小さく×印を描いた。入り口には大小様々な×印が描かれていて、その様子は呪詛《じゅそ》の儀式が行なわれた跡のようで不気味であり、どうやってそんな高所に×を描いたのだ、と悩んでしまいそうなものまであり、それはまるでトンネルが負った傷のようでもあった。

平原の姿はすぐに見えなくなり、トンネルの電灯、オレンジ色の光に溶けたようにも見えた。もう帰ってこないのでは、と不安になる消え方だった。

「じゃあ、俺も」と国重が足を踏み出そうとするので、「ちょっと」とわたしは止める。「何だよ」と彼が振り返った。

「どこに行くの？」

国重は何も言わずにトンネル内を指差す。

「待ってるんじゃないの？」

「人間はよ」国重はなぜか残念そうだった。「面白そう、っていう誘惑に負けるだろ。それは仕方のないことだろうが」

「負けたんだ？」

「完膚なきまでに」と言った国重は本当に楽しそうだった。「手も足も出なかった」

「さっきはあんなに強かったのにね」と嫌味を言う。

「うるせえな。俺は行ってくるからよ」国重は構わず背中を向け、歩き出す。「お前たちは待ってろ」

「いいの、あれ」と沢木に視線を向ける。

「楽しそうだろう、あいつ」と書かれたメモ帳を見せてきて、その笑顔には熱心なファンが見せる大らかさと許しが滲んでいて、彼に国重を非難することを強要しても無駄なことがわかった。

「楽しそうだね、あいつ」と力の抜けた笑みを返した。

沢木とは会話が弾まない、とわかってはいたが、黙って待っているのも間が持たず、会話という形態を無視して、一方的に喋っていた。普通科の人間はデザイン科の人間を見下す傾向がある、だとか、抑圧と強制を厳しさと勘違いしている担任のことなどを話し、気づくと不満や愚痴ばかりで申し訳なくなったが、沢木は頷いて聞いていて、「そういうことは気にするな」という何ともシンプルなアドバイスをくれもして、いつもなら「何それ」と幻滅し、溜め息をついていたかもしれないが、わたしはなぜだかすっきりとしていた。

「電車って、どのくらいで来るのかな？」

ちょっと待って、と言うように沢木が手の平をこちらに向ける。右手をお尻のほうに回すと小さな冊子のようなものを取り出した。

ポケット時刻表、と読めた。「準備いいね」

沢木はトンネルの明かりを掬《すく》うようにして冊子をぱらぱらと捲《めく》り、そこから得られた情報をメモ帳に書き、それを報告してくれる。

あとボクシングの一ラウンド分、と書かれていた。その姿が見えないか、とわたしは背伸びをして線路の左右を確認した。

「ねえ、わたしたちも行こうか」わたしは沢木にそう声をかけている。「やっぱりさ、人間は誘惑に負けちゃうよ。沢木だって気になるでしょう」とこちらに引き込むようなことを言い、「気にならない、っていう答えは明らかな嘘で、認めないからね」と逃げ道を塞いだ。

仕方ないな、という表情に見えた。幼い子供のわがままに付き合うことを決断した父親のようで、「アカネちゃんは、嘉人に似ている」と書かれたメモ帳を向けてきたので、「わたしはあんなに乱暴ではないし、いやらしくもない」と抗議した。

「いやらしい？」との質問がある。

沢木は、国重のバイトのことを知らないのだな、と感づき、それをここで伝えてしまうのは間違いのような気がして、ファンが幻滅する姿を見るのも忍びなく、わたしは「男はみんないやらしいでしょう」とごり押しとしか思えない説明をした。

なるほど、と沢木が納得するように頷いたところを見ると、わたしの男性に対する偏見とも言える発言は、真実だったのだろう。

二人でトンネルの中に入る。が、誘ったほうのわたしは沢木の後ろに隠れるようにしていて、「ゆっくりね、ゆっくり」などと言って、及び腰だった。狭いトンネルからは圧迫感を覚え、湿った空気からはアクシデントや悲運を連想する。急に怖気づいた。

トンネルの先を窺うと緩やかに右に湾曲していて、中央あたりに平原の細いシルエットが浮かんでいた。そこから三メートルほど離れて、大きな国重の姿がある。平原はこちらの存在に気づいていないらしく、真っ直ぐ向こうを見ており、静かに耐えるような雰囲気を醸し出していた。

沢木が足を止めたこともあって、わたしもその場に立ち止まった。トンネルに入って、まだ数歩のところだ。電車の音が近づいてくるのがわかり、細かい震動が目に見えるすべてを揺らし、電灯の明かりが不安定に強くなったり弱くなったりして、音と震動が大きくなると隠れるようにその明るさを消し、強烈な音だけに包まれた。視覚と聴覚を失ったわたしにできることは、息を止めることくらいで、無意識に沢木の服を引っ張っている。

どのくらいの時間だったのだろうか。たぶん十五秒くらいのことなのだと思う。もっと短かったかもしれない。しかし、耐えるという心境だったわたしにはもっと長い時間に感じられた。電車が通り過ぎて音が遠退いても、しばらくは暗いままで、わたしはまだ呼吸を止めたままだった。

遠慮気味に淡い光が天井付近で広がったあとで、強い光が落ちてきた。危険なもの、と判断したわけではないだろうが、反射的に目をつぶってしまう。

わたしの手を振り払うように沢木が走り出し、「どうしたの？」と質問をぶつけるが、返答はなかった。そうか、彼は喋らないんだった、と気づき、光に目を慣らせるようにゆっくりと瞼を開く。

目の前に広がる光景に違和感を覚え、わたしは人数を確かめる。いち、にい……。

「どうして四人いるのよ」と苛立ちにも似た感情を囁き声に乗せた。駆け出す。

平原がうずくまっている。右手で後頭部を押さえ、土下座でもしているようだった。そのそばで沢木が膝を折り、心配そうに覗き込んでいる。

国重はというと、知らない顔の男を地面に押さえつけていた。仰向けに横たわる男の上に馬乗りになり、右手は男の首を、左手は男の右手を押さえている。その右手には短い角材が握られていて、それを自由にさせないための行動なのだとわかった。

何が起こったのかは、すぐに見当がつく。国重に押さえつけられている男が、平原の頭を角材で殴ったのだ。

罰神様、という名前が頭を過《よぎ》ったけれど、神様というにはあまりにも貧弱で身長も低く、それは人間の勝手な想像だろう、と言われればその通りなのかもしれないが、跪《ひざまず》きたくなるほどの神々しさを感じることはなかったし、畏怖《いふ》の念が湧くこともなかった。

「てめえ、起きろよ」と国重が、男の首根っこを摑み、引き起こす。「離せよ、それ」と睨むと、素直に角材を地面に落とした。

前髪を短く切り揃えたその男は表情を強張《こわ》らせて怯《おび》えていて、肩幅の狭さを強調するように身体を縮めている。痩せた頬は病的で、横縞のポロシャツは囚人服のようにも見えた。見た目に気を遣わないタイプなのか、無精髭が伸びている。若そうにも見えるが、苦労を蓄積したような顔にも見え、年齢不詳だった。

「お前が罰神の正体かよ」国重は牙《きば》を剝くようにする。どこか失望しているようでもあった。「答えろ」

違います、と申し開きや反論を展開するものだと思っていたが、意外にも男は「僕を神にしたのは、世間のみんなだ」と簡単に認めた。声が上擦っていて、ボリュームが大きく、トンネルの中で反響する。「神は神を創らない。神を創るのは人間だけ。だから僕は神になった」

「なってねえよ」

平原が立ち上がる。ゆっくりとした動きで左右に揺れていて、身体が重そうだった。

こちらを振り返る前に少しだけ間を空け、顔を上げると同時にこちらを見た。

「大丈夫なの、平原君」わたしは焦る。「痛いよ、それ。絶対に痛い」

平原の顔は真っ赤に染まっていた。よく見ると髪の毛が濡れていて、それは汗ではなく、もっと粘性のあるもので、おそらくはそれが顔に流れて額を赤く染めているのだ。どこを見ているのか焦点が合っておらず、薄気味悪いその眼差しからは、寒気立つような冷たさが感じられた。

「誰だ」と平原がつぶやく。ゆらゆらと足を踏み出した。「誰だよ、お前」

男が泣きそうな表情になる。国重が退き、平原が男の両肩を摑んだ。「誰だよ、お前！」と威喝し、それは目の前の空間を引き千切るような鬼気迫るもので、そんな声があの平原の口から出るとは思ってもおらず、わたしはその迫力に萎縮《いしゆく》してしまう。

「清《し》水《みず》です」と男はおそらくだが、本名を名乗った。この状況で偽名を使えるほど冷静な人物には思えなかったし、賢そうにも見えなかった。

「弟は」平原が手に力を込め、男の身体を揺らす。「弟はどこだ？　誰だよ、お前」

清水は助けを求めるように、国重を見る。しかし、国重は腕を組んだまま不機嫌な表情をしているだけで、動こうとしない。

「弟に頼まれたのか。そうなんだろ」平原はつづける。「お前が弟の代わりに罰を与えに来たんだろ。弟は何て言ってた？　どんなことを言ってた？　教えてくれ。やっぱり恨んでいるのか。どのくらい恨んでる。その恨みはどのくらい深い。殺したいほどなのか？　何とか言えよ」

　胸の奥が圧迫されるように痛くなる。平原はずっと苦しんでいて、その苦しみを持て余していて、でも生きて行くためにはそれを抱えていかなければならず、それならば死を、と願うがそれも叶えられなくて、もう限界なのだと思う。

「弟に会わせてくれ。僕は弟の手によってなら、殺されてもいいんだ。死んでも構わない」

　救われたい、許して欲しい、と縋《すが》っているようであった。

「し、知らないよ」清水が、平原の手を振り払った。「何言ってんだよ、お前。おかしいんじゃないか。僕は君の弟なんて知らない」

　怒りとは赤色らしい。確認できたのは一瞬だけだが、目に見えるすべての風景が赤色に染まった。はっきりと認識できる怒りを実感したのははじめてで、それに戸惑いもする。

　険しい表情をした国重が、清水と平原の間に割って入った。「殴らないで」と清水が細い声で懇願したのだけれど、国重は腰を捻り、拳を固め、「神を名乗るならな、こいつの弟のことくらい知っておけよ」と腕を振った。

殴るというよりも、刈り取るという表現が適切かもしれなかった。国重の拳はそれほどに頑強で、凄絶《せいぜつ》だった。衝突音は鈍く、首を竦《すく》めたくなるような音で、わたしはその瞬間、目をつぶっていた。

清水は飛ばされ、地面に落ちる。埃が立ち、しばらく動かない彼を心配したが、小さな唸り声が聞こえ、安心した。

国重は身体を回転させ、今度は平原を見る。「てめえも、うだうだ言ってんなよ」と怒鳴り、先ほどと同じように腰を捻った。回転させる。

平原が地面に倒れ込む。どうして、とわたしは内心で疑問を溢れさせ、「大丈夫、平原君」と彼に駆け寄った。「何やってんのよ、バカ国重」と言ってやる。

「愛のムチ」と国重は拳を掲げるようにして、満足そうな表情を浮かべた。「こいつを殴った拳と」と清水を睨み、「啓太を殴った拳は」とこちらを見た。「意味合いが違う」

平原が身体を震わせるようにして上半身を起こすと、足に力を入れて立ち上がる。口の端が切れたのか、それとも口内が切れたのか、血が滲んでいた。

「ほらな、愛がこもってるから回復も早い」

「何するんですか、先輩」

平原は半分だけ瞼を開けた状態で話す。声に怒りの感情は読み取れなかったが、困惑しているようではあった。

「あのよ」国重が頭を掻く。「お前って、なかなか気づかねえのな。もう十年も前のことだろ。そろそろ気づいてもいい頃だろうが」

「何を、ですか」

「お前の弟って、そんな奴なのか？」

「そんな？」

その言葉に侮蔑《ぶべつ》を感じ取ったのか、平原の表情がむっとした。

「お前の弟は、兄貴のことを殺そうとするような奴なのかよ」

国重の声はそれほど大きなものではなかったが、ばちんと平手で頬を打たれたような衝撃が走った。その言葉にはすべてのものを根底から覆すような力があり、置き去りにしていた重要なことを思い出させてくれたような優しさもあり、それを言ったら終わりじゃないか、というルール違反なような気もしたけれど、どうしてそのことに気づかなかったのか、と悔しい思いにも駆られた。

「弟は」平原はそうつぶやいたあと、長い間を空ける。思案に没頭し、胸の中で溢れる思いを玩味《がんみ》しているような雰囲気があった。そのあとで、「あれ、痛い」と口元に手をやる。

今さらそのことに気づいたのか、と呆れてしまうが、彼のその反応を見て、帰って来たのだな、とも思った。

「ずうっと悩んで苦しんでいたのに、そんな言葉で解決しようとするなんて、ずるいですよ」と平原が鼻から息を抜く。

「お前の弟はよ、少ししか恨んじゃいねえって」

「少し、ですか」

平原が微笑む。その笑顔は、とても笑顔らしい笑顔だった。冷たさの伴う笑みではなく、体温のある笑顔だ。何かを吹っ切ったような、というのは言い過ぎかもしれないが、彼は「弟を馬鹿にしていたのは僕のほうですね」と語り、「少しか、少し」とつぶやき、がっかりするような表情も浮かべたけれど、悪い状態ではないように見えた。

「あのー」と平原が言って、「もう限界なので、倒れてもいいですか」と律儀に断り、国重が頷くと「じゃあ、あとは頼みます」と瞼を閉じて、地面に倒れた。

わたしはそんな平原を眺めながら、結局彼を救ったのは罰神様ではなく、本物の神様でもなく、時間なんて気長なものでもなく、ただの不良少年なのだな、と横目で国重を気にした。

「淳之介、啓太を病院に連れて行ってやってくれ」

沢木は快く頷くと、腰に力を入れて平原を起こす。両手を掴んで背負うようにすると、笑顔をこちらに向けた。

「お前はどうする、辻尾。二人について行くか？　それともここに残って罰神を尋問するか？」

「もちろん」とわたしは答えている。「帰りは送ってよね」

その会話を聞き、沢木が来た道を戻る。文句一つ言わずに、というか、彼は喋らないのだけれど、それにしても微塵《みじん》の面倒さも窺わせずに平原を背負うその姿は、淡々と仕事をこなす職人のような頑固さを持ち合わせてもいた。

彼は頼りになるな、とわたしはその背中を見送る。身体が大きく派手な国重とは違い、地味なのだけれど、しっかりと脇を固める彼の存在が今は輝いて見え、平原にぬくもりのある笑顔を取り戻させたのは彼でもあるのだな、とわかった。

「起きろよ、てめえ」国重が声を尖《とが》らせ、未だ横たわる男に近づく。「死んだふりが通用すると思ってんのか」

男がむくっと起き上がる。悪びれた様子はなく、頬についた砂を払いもせずに不機嫌そうな表情をしていた。ぶつぶつと言っていたが、聞き取れたのは「僕は年上だぞ」というものだけだった。

「とりあえず、財布を出せよ」

国重は言って、右手を差し出す。治療代や損害賠償をその場で請求しようということなのか、とわたしはその光景を見守る。

「お金はないよ」と清水が言った。

「俺もねえよ」

清水はジーンズのポケットから折り畳み型の財布を取り出すと、それを渡す。不服そうだったが、拒否しないところを見ると、怖がっているのだな、とわかった。

国重は中身を確認し、一枚のカードを取り出した。「清水俊夫《としお》、二十一歳」とそのカードに視線をやったままつぶやき、「何だよ、予備校生かよ」と言ったあと、全国的にも有名な予備校の名前を口にした。

「悪いのか」というフレーズを、それがこの状況を打破できる唯一の方法であると信じるように、清水は唱える。「三浪だよ、悪いのか」と。

国重は財布にカードを戻すと、お金を抜き取ることなく、返す。「で、何をやってんだ、お前」

「神として罰を与えて」と清水がささめいたところで、「だから」と国重が苛立った声を出す。「お前はただの予備校生だろうが、清水俊夫」

「みんな僕を求めているんだ。神を求めている。だからみんなここに来ているわけだろう。君の友達だって、そうだ。僕がいるからここに来た。そういうことだろう。僕は必要とされているんだ」清水は同じようなことを何度も言って、自分の存在価値を強調する。それから、「そうだ、そう」と頷き、「神様の仕事って何だか知っているかい？」と訊ねてきた。

「知るわけがねえ」と国重は一蹴《いっしゅう》する。

「神様っていうのは、弱者を救うために存在しているわけでも、信心深い者の幸福を実現するために存在しているわけでもないんだ。許すために存在している。罪人を許すんだ」

国重はふんと鼻を鳴らし、腕を組む。

「みんな謝りたいんだ。自分の犯した罪や愚行を許して欲しいんだ。だから神に頭を下げる。その証拠に」とそこで清水が喉を上下に動かした。「今月に入って、急激に巡礼者が増えた」

　ここを訪れる者を巡礼者と呼んでいるのか、とわたしはげんなりとする。気味も悪かった。

「テロリストがアメリカ軍基地を占拠したからだよ。ミサイルがこっちに向いているからだよ。終わりが見えたんだ」清水は自分の言葉に陶酔しているようでもあった。

「だからみんな不安になった。長いはずの人生が短くなって、自分の人生を振り返るようになった。未来がなくなったからね、見るのは過去しかない。自棄になって暴走する人間もいるけど、そんな人間は一部の愚者だけ。過去を振り返れば人間は反省するし、後悔もする。手を合わせて懺悔《ざんげ》したい、と願う者もいる。そんな人間は誰かに許しを請いたいと思うんだよ。ほら、僕が必要じゃないか」

「嘘つけよ」国重が言葉を叩きつける。「お前の目的は人を殴ることだろ。ストレス発散、ってところか。角材を握って、ここを訪れた人間、毎日とはいかねえが、暗闇に紛れて、後ろから人を襲うんだ。そんな卑怯《ひきよう》極まりない行為がいつしか神聖化され、規則が肉づけされ、罰神なんていう怪しげなものになった。そしてそれをはじめた馬鹿は、次第に勘違いしていく。そういうことだろうが、清水俊夫」

「違う」と清水は即答したが、図星だったことはその表情を見ればわかった。動揺と困惑しか浮かんでいない。

「違わねえよ。ここを訪れる人間が増えたのはテロリストたちの事件が原因かもしれねえけどよ、お前の目的はずっと同じだ。最近は人数が増えてやかましくて、臆病なお前は許してばかりなんじゃねえか？　それが今日は静かになった。久しぶりに出てきて殴った相手が、俺の後輩だったたってわけだ」

清水が黙り、悔しそうに俯き、それから彼の中で何らかの妥協点を見出したのか、「もしそうだとしても」と口にする。「僕は間違ってない。罪のない人間なんていないだろ」

「忘れるなよ」国重が目を鋭くした。「お前もその一人だ、清水俊夫」

「僕は」と清水はさらに反論をつづけようとするが、「おい、ちょっと待て」とそれを国重が止めた。「そんなことはどうでもいいんだって。お前の考えや精神構造に興味なんてないし、ましてや神の存在理由なんてどうでもいい。俺が興味があるのは、お前がどうやって犯行をつづけていたのか、だ。それに尽きる」

わたしも同感だった。これ以上議論をつづけても清水が折れる雰囲気はなかったし、わたしの中に彼を正そうという崇高な気持ちも、正直なかった。

「犯行、か」清水が苦笑する。それではまるで犯罪者じゃないか、とでも言いたげで、またも自分の保身のために言い訳をするのか、と思ったが、すぐに得意げな顔になり、「簡単だよ」と微笑んだ。

「あのさ」わたしはそこでようやく話に加わる。「罰神様って目撃情報がないんだよね。殴られて怪我をする人もいるけど、みんながみんな気絶する人ばかりじゃない。平原君のように意識があって、光が戻って、すぐに顔を上げる人もいる。でも、見てないんだよね」

「暗くなった瞬間、向こう側からトンネルに入り、それから対象者を殴って、暗くなっているうちに再びトンネルを抜ける」国重が可能性を口にしたが、しっくりとこないようだった。「そんなことが清水俊夫にできるわけねえしな」

「無理だよ、無理」清水は楽しむようでもあった。「考えて考えて」

「けどよ、暗闇の中で対象者の位置を把握して、迷わずその頭に角材を振り下ろせた理由なら、知ってるぞ」

えっ、と清水は声を洩らし、手を腰の後ろに回したあと、シャツやジーンズのポケットを確認するように叩く。ないない、と唇が動いていた。

「探してるのは、これだろ」国重が右手をナイロンジャケットに突っ込んだ。ごそごそとやる。「電車の走行音が響く中、俺は近くで小さな苦痛の声を聞いたんだよ。だから暗闇の中、訳もわからず駆け寄った。すると俺にぶつかってくるものがあってよ、俺はそいつを締め上げて、取り押さえたわけだ。それがお前だったんだよな、清水俊夫。その時に落としたんだって、これ」

「ルール違反だ」と清水が口元を歪める。「罰神様との面会は一人ずつなんだ。みんな守ってる。サラリーマンも、学生も、暴走族も、ギャルも、みんな」

「納得のいかねえルールに従う必要はない」と国重がきっぱりと言い切ったので、清水はぐうの音も出ないようだった。

「それで、何それ」

話を先に進めるために、そう訊ねた。国重の手に載せられている物を凝視する。小型のビデオカメラのような形態をしていて、覗くのだろうな、とわかるレンズが光っていた。

「八万二千円」清水がその物の値段を口にした。「返せ」

「嫌だ」国重はぴしゃりと言う。「暗視スコープだろ、これ。暗闇でも視界が利く、っていう日常生活を送るにはまったく必要のねえ器械」

清水は口惜しそうな表情を浮かべて、「だったら、何」と認める。「わかったんだったら、返せ」と手を差し出すが、「だから嫌だ」と国重に言われて、手を引っ込めた。

「じゃあよ、お前が暗闇の中で対象者を殴ってどうやって消えたのか、その方法を教えろよ。そうすれば返してやる」

清水は口を尖らせ、楽しみを奪われたような顔をしたが、暗視スコープを取り戻すための選択肢は多くなく、というか一つしかなく、「それは」と話しはじめた。

「簡単な話」と清水は言い、「気づかないだけ」と視線をぐるりと回す。「トンネルにそんなものがあるなんて思わないから」ともったいぶるようにつづけた。

「何だよ、それは」

「ほら」清水が左手の壁を指差す。「あるだろう」

「あっ」わたしは声を出し、一歩それに近づいた。「あった」

そこにはトンネルの壁があり、それから長方形の切れ込みがあった。それは注目していなければわからないくらいのもので、汚れや埃が付着しているせいでもあるけれど、わざと目立たないようにしているようにも受け取れた。切れ込みの左側、中央部あたりに円形の窪《くぼ》みがある。

「ドアじゃねえか」国重はそれに近づくと、半円形の取っ手を出し、摑んだ。「おい、開かねえぞ」

「これだよ」

清水の手に鍵がある。つまむようにして、こちらに見せていた。凹凸の少ない簡単なものだ。

国重はそれを奪い取ると、窪みの中央にある鍵穴に挿し入れた。捻る。カチンと音がして、手応えがあったのか、「お、開いた」と言った。

ドアを引き開けると、断末魔の悲鳴のような音が響く。熱を帯びた不穏な空気がわっと噴き出してくるのではないか、と身構えたが、そんなことはなかった。向こう側は暗く、近づかなければ中がどうなっているのか確認できない。

「何だよ、ここ」国重が首を突っ込み、覗き込む。「どこまでつづいてんだ?」

「知らないよ、そんなこと。その先が知りたい、という欲求が湧いて、心のままに進むのは冒険者か子供だけだよ。それに予備校生はそんなに暇じゃないんだ」

わたしも近づいてみる。ドアに触ると金属であることがわかるが、見た目は周りのコンクリートと変わらず、擬態する昆虫のようだな、と思った。

中を覗く。天井はそれなりに高いが、二人並んで進めないほどに幅は狭い。大声を出しても、どこまでも吸い込まれていくような奥行きの果てしなさがあった。埃が舞っていて、目が痒《かゆ》くなる。くしゃみが出そうになり、顔を引っ込めた。

「ここに隠れてたわけか。で、電車が通ると八万二千円を覗きながら、対象者の後ろから近づき、角材を振り下ろした。電車の音が響いてりゃ、物音にも気づかねえし、気配も掻き消されるだろうからな」国重が舌打ちをする。「本当に簡単だ」

「簡単だけど」そこで清水が薄らと微笑む。「それに気づくか、気づかないかは大きな差だよ。気づけば、神にもなれる」

「なってねえっつうの。目を覚ませ、清水俊夫」

「でもさ、ここって何なのかな？」

「事故が起こった時のためじゃねえか」国重が答える。「トンネル事故って逃げ場がねえだろ。前と後ろが塞がれたら、終わりだ。そういう時のために逃げ道を用意してるんだろ。そういう映画を観たことがある。筋肉自慢のハリウッド俳優が出演してたやつ」

「でも、何の表示も案内もないし、わかりにくいよ。逃げ道っていうんなら、目立ってなくちゃ」わたしは素直に頷けない。その納得のできなさが過去の記憶を引っ張ってきたようで、ある場面を思い出した。「何年か前にさ、大きな台風が直撃したことがあったでしょう。その時、ここって雨水が流れ込んで水没しなかったっけ？　それで、何台かの車が立ち往生した」

「ああ、あったな」

「それを教訓として、この扉を作ったんじゃない？　大きな台風が近づいてきている、とわかったら、扉を開けて準備をしておくんだよ。流れ込んだ雨水はここを通って下水管に流れ込む。どう？」

「どうせなら」清水が会話に入ってくる。「国家的なプロジェクト、だとか、どこかの新興宗教団体が作った、宗教的な象徴、っていうのがいいな」

わたしたちがその意見に対して何かを言うことはなかった。つまり、無視だ。

「で」と国重が言う。「どうしてお前がこの扉の鍵を持ってんだ？」

「見つけた者の特権」清水は得意そうだった。「鍵は作ったんだよ」

「どうやって？」

「僕もね、伊達《だて》に三浪しているわけじゃないんだ。三年間も燻《くすぶ》っているとね、表舞台から離れているとね、裏側が魅力的に思えてくることもあるんだよ。町の裏側、暗い部分。そういうところが気になる。気になって近づくとね、意外と心地好かったりもするんだ。深入りは駄目だけどね、そこは気をつけなくてはいけないけど、足先くらいなら危険もないし、いろいろな人物とも知り合うことができるんだ」

神様だと祭り上げられ、角材を持って後ろから人間に殴りかかる彼は、もうどっぷり裏側の住人のように思えた。それに、と国重の横顔をちらりと窺う。彼も裏側の人間といえばそうなのかもしれない、と昨夜の姿を思い出した。

「そこで知り合った人物が、そういうことを得意としている会社で働いていてね、裏家業っていうのかな、鍵屋なんだけど、ただの鍵屋じゃないんだよね。そこに頼んだってわけ。つるつるとした硬い粘土のような物を渡されて、それで鍵穴の型をとって固定剤をスプレーすれば、プラスチックみたいに硬質になる。それを渡すんだ。二日でできた」

「へー」と国重が手の中の鍵を眺める。

「もういいだろう」清水が落ち着かない顔をする。「返してくれよ、その鍵と暗視スコープ」

「嫌だ」

国重は端的に、悪びれる様子もなくあっさりとそう言ったので、だったら仕方ないね、と納得しそうになるけれど、「約束が違うじゃないか」という清水の悲痛な声が聞こえ、そうだよ、約束だったよね、と思い出した。

「約束とは違う。清水俊夫、お前は間違ってねえよ。正しい。間違っているのは、この俺だ」

「開き直ろうっていうこと？」清水の声は引き攣っている。「そういうことなの」

そういうことだ、と言い切った国重はとても堂々としていて、罪悪感の切片も見せず、不良少年の鑑と評してもよいくらいの態度は爽やかにも映り、わたしはそんな彼の気に乗せられて、「それでいいんじゃない」と言葉に出していた。不良少年としては恥じることのない行為である、と理解したわけだ。「間違ってるけど、間違ってない」と不思議な言い回しをする。

清水は鼻先に皺を寄せるような表情をし、何を言っても無駄だと悟ったのか、非難の言葉を口にすることはなく、足元に転がる武器を拾って襲いかかってくることもなく、じっと苦痛に耐えるようにしていた。

国重は扉を閉めると、施錠をした。「じゃあな」と言ってその場を離れようとするので、「このまま放っておいていいの？」と強い口調で止めた。清水を睨むように見る。

「もうこの場所で悪さはできねえだろ」

「でも、平原君を殴ったんだよ」

そのことについては怒りを覚えていて、それ相応の罰を受けてもらわなければ許せそうもなかった。遠くの大統領が自由を奪われ、辛苦に歪んだ表情をしていても胸は痛まないが、身近な者が傷つくのは我慢ならない。

当然、国重も同じ意見だと思っていたのだけれど、彼は腕を組み、小鼻を広げたあとで、「許す」と言った。「俺の後輩を殴ったことは許してやるよ」

清水は視線だけをこちらに向け、それでも不満そうな表情ではあったけれど、ほっと胸を撫で下ろしたような雰囲気もあった。

「どうして?」とわたしは訊く。

「神じゃなくても」と国重が笑った。「許すことはできる」

なるほど、とわたしは感嘆の声を出しそうになる。国重は、清水俊夫という男を圧倒しただけではなく、彼の中にいる神にも勝利したのだ。その大きな拳で、すべてを殴り倒した。

称賛の言葉を向けてもいいかな、と思ったが、「それによ、こいつをもらったし」と暗視スコープを手の中で弄んでいて、そういうことか、と苦笑した。

## 4

「また逃げた」という言葉で幕を開けた朝というのは、あまり気持ちのいいものではない。昨夜の出来事はわたしにとって非日常の出来事で、その興奮を引き摺《ず》っていたためか昨夜はあまり眠れず、寝不足だった、というのも爽快さ不足の一因ではあった。

「誰が？」とわたしは食卓に着くついでに、弟に訊ねる。寛之は納豆を掻き回していて、視線はテレビのほうに向いていた。今朝は父さんの姿が見えず、早朝会議だろう、と推測する。プリンの件は、わたしの好きな洋菓子店の高級プリンを買ってきてもらったことで、すでに解決済みだったので、身体は大丈夫かな、と気遣う心はあった。

「有名なNFLの選手がアメリカを見限ったんだ。昨年の最優秀選手だった奴」

「いつだっけ、バスケットボール選手が出て行かなかった？」

「クリーブランド・キャバリアーズの選手だろ。毎日、拍手と歓声を浴びてたようなスーパースター」寛之が納豆の粘りを確認する。「そんな人物なのに、空港に見送りのファンはいなかった」

「逃げちゃ駄目だよね、逃げちゃ」母さんがよそってくれた味噌《みそ》汁を、箸《はし》で回す。サイコロのような豆腐が浮き沈みをする。「スーパースターなんだから」

「それに比べるとさ、音楽は強いよ。まだアメリカを見捨ててない」

「音楽が何かを見捨てる、っていう状況がわからないけど」

寛之は幾人かの名前を挙げると、「彼らはギターを掻き鳴らして歌いつづけている」と感慨深げに言った。「歌で世界を救える、って本気で信じてるんだ。昨日もさ、テロリストが立てこもっている軍事基地にぎりぎりまで近づいて、拡声器を使って歌ったんだよ。俺の大好きなエドワード・ステイサムっていうロックンロールスターが。『いじけていないで出ておいで、ベイビー』って」

「じゃあ、あんたと同じじゃない。できたの？　新曲」

「もう少しかな」と寛之が疲れた顔をする。「いいものを作ろうとすると、問題はいろいろとあるよ」

「今月中にはお願いね」

信じてはいけませんよ、という熱を持った声がテレビから聞こえ、視線を移動すると顔を紅潮させた近藤さんが拳を握っていた。「信じてはいけません」ともう一度言い、面長で額の広い司会者に食ってかかるように指を差す。「日本に駐留しているアメリカ軍だって、いざとなれば逃げるかもしれませんよ。日米安全保障条約なんて無視して、二千億円以上の思いやり予算のかいなく急に態度を変えて、どうしてお前たちを守らなくちゃいけない、って仕事を放棄するかもしれません。よく考えてくださいい、この国は彼らの国じゃないんですよ」

「しかし、それはいくらなんでも」と司会者の男は言ったが、「ないですか？　絶対にないですか」と近藤さんに詰め寄られ、ぐうう、と唸ってしまう。「その楽観的な信頼がどこからくるのか知りませんけどね、私は最初から条約なんて信用していませんからね」

「近藤さん、日米安全保障条約を何だと思っているのですか」

「知りませんよ、そんなもの」近藤さんが憤る。「アメリカ軍が基地を取り囲んでいますがね、もし攻撃命令が出ても、彼らは動かないかもしれませんよ。基地の中にいるのは大統領やテロリストだけではなく、仲間もいるのです。というか、大多数が仲間です。知り合いや友人がいるかもしれない。それなのに攻撃できますか？」

「国を守るために彼らは存在してるんでしょう」と髪の長い女性エッセイストが口を挟んだ。

「そうですよ。友人を殺すために存在しているわけではありません。大統領を殺すことができても、友人を殺すことなんてできませんよ」

「あの、その発言はちょっと」と慌てる司会者の様子が画面いっぱいに映った。

朝から頑張っているな、とわたしは味噌汁を啜《すす》りながら、ぼんやりとその様子を眺めている。近藤さんはそのあとで、「結婚式の誓いの言葉と同じですよ、あんなものは」と言い捨て、「日米安保なんて信用なりませんよ」と口を尖らせた。さては奥さんと何かあったな、との憶測が過ぎるが、わたしでさえそう感じたのだから、テレビの中の大人たちがそれに気づかないはずはなく、しかしそのことを指摘する者はいなかった。

「アメリカの駐留軍も逃げるのか」と寛之が溜め息をつく。「やっぱ音楽しかないよな」

「頼んだ。将来のロックンロールスター」

任せとけって姉ちゃん、と寛之は笑い、納豆ご飯を掻き込んだ。


教室の中は英会話が聞こえないのが不思議なほど、アメリカの話題で持ちきりだった。そんな朝の風景も今日にはじまったことではないが、よくもまあ話題が尽きないな、と感心してしまう。誰かがなんとかしてくれる、ラストに近づけばウルトラC級の逆転劇が用意されている、と誰もが信じているようで、切迫した危機感は漂っていない。「ミサイルが飛んできたら、武道館どうなっちゃうのかな」と来月からはじまるアイドル歌手のコンサートツアーを気にするくらいだから、その程度だ。

話に参加するつもりはなかったが、わたしもそういう心境ではあった。

「おはよう」という声とともに前の席の野江崎良枝《のえざきよしえ》が振り返り、笑顔を寄越す。「どう、課題のほうは」という問いかけは新鮮にも思え、飛びつきたい気持ちだったけれど、「その問題があったか」と考え込んでしまいそうになる。

「まだなんだ」良枝が丸い顔を近づけてくる。彼女はそのことを気にしているが、男子の受けは良かった。「テーマは？　何を描くか決めた？」

「それも、まだ」

「平和をテーマに、っていう子が多いみたいだよ。反戦ポスターみたいな感じ」

「旬の題材だねー」と声を伸ばす。「良枝は？　やっぱり流行に乗った？」

「わたしのテーマは最初から決まってる。何を描くにも、何を作るにもそれがテーマになってるから」

「へー、何？」

「愛でしょう」

「愛かー」何かにぶつかったような感覚がした。大きくて、柔らかくて、いい匂いで、しかし目を凝らしてそのものを確認しようとしても、その形がよくわからない。「それを絵にするのって、難しくない？」

「アカネの顔でも描こうかなー」

「どうしてそこでわたしが出てくるのよ。確かに、愛らしい、とは言われるけどさ」

「というわけで、昨日、何してた？」

どういうこと？　という疑問を表情で表し、彼女を覗き込む。

「昨日、普通科の国重君と一緒にいたんだって？」

見られていたのか、と失敗を悔やむような表情をした。なぜだか動揺してしまい、すぐに反応ができず、違うよ、と必死に言葉を発するのも言い訳がましいような気がして、結局、それ以上何もできなかった。

「二組の男子が見てたらしくてね、テロ事件の陰に隠れているけど、しっかりと噂になってるよ。二人きりで恋人同士みたいだった、って。最初は信じられなかったけど、アカネ最近、昼休みになると普通科の校舎に行くでしょう。だから、もしかして、と思って。どうなの？」

「一緒にはいた」と認めると、良枝が驚く。「でも、恋人じゃないよ。あれは二人きりじゃなくて、ほかにもいたんだよ。たぶん、家に送ってもらっている姿を見られたんだと思うんだけど、あの時は確かにちょうど二人きりだったけど、そういうんじゃないから」

「話をまとめると、もうすぐ恋人ってこと？」

「そうじゃなくて、友達」

「ぐれたの？　アカネ」良枝が心配そうな顔をする。「嫌なことがあった？　そうか、ミサイルだ。ミサイルが悪いんだ」

「ミサイルに怯えて心の中が毛羽立ってるわけじゃないし、堕落しちゃいたいわけでもないよ。わたしはいたって冷静だし、道から外れてもない。普通科の校舎に行ってるのは、課題のため。屋上で絵を描こうと思って、それだけだよ。国重とはそこで知り合ったんだよね。だから、友達。ただの知り合い、って言ってもいい」

「でも、国重君って怖いでしょう。ほら、怖い噂とか多いし、威張ってる感じだし、乱暴だし」

「まあ、乱暴ではあるかな」わたしは頷く。「でも、大丈夫だよ」

「悪者だよ」

その言葉に凄みや卑劣さはなく、子供番組の中で跳ね回る悪役のような可愛らしさがあった。

「そうじゃなくて、国重は不良ね」

「どこが違うの？」

そう言われるとよくわからない。不良って誉め言葉でもないわけだし、訂正する理由はなかったな、と苦笑いをした。答えを持たないわたしは「どこだろう」と答えるしかない。

「怖くないの？　アカネは」

うーん、とわたしは唸る。「近くで見ると怖いけど、もっと近くで見ると怖くない、っていうのかな」

「何、どういうこと？」

「慣れた、ってことかな」とわたしは答えたが、ちょっと違う気もした。


昼休みになり、いつものように屋上へと向かう。良枝の目やほかの者の視線が気になったけれど、ここで行かなければ国重との噂を気にしていることになり、意識をしているように勘繰られても嫌だったので、スケッチブックを持って教室を出た。

屋上のドアを開けて足を踏み出す時、目を閉じて全身に風を浴びるようにする。そうすると気分がいいのだ。身体にこびり付いた悩みや気苦労や問題など、余計なものをそっと払ってくれる気がする。そして、屋上に出たわたしは少しだけ身体が軽くなるのを感じる。

瞼を開けると平原の姿に気づき、駆け寄った。「大丈夫なの？」

彼はベンチに座り、ぼんやりと空を見上げている。頭には包帯が巻かれていて、痛々しかった。昨夜の流血を思い出し、顔が青白いということもあって、家で寝ていなくても大丈夫なのだろうか、と心配になる。

「気づくと病院で、そばに沢木先輩の姿がありました」平原が目を細める。「血はたくさん出ましたけど、入院するほどではありませんでした」

「そう、良かった」わたしは息を吐く。それから平原の顔を下から覗き込むようにして、「良かったんだよね」と確認した。

「最善ではありませんけどね」という答えはわたしの気分を重くさせた。しかし、「目が覚めてそばにいたのが美人の看護師さんなら良かったんですけど」とつづけられ、ほっとする。「平原君ってそういう冗談を言う人だっけ？」

「いえ、先輩」平原が面映そうに笑う。「冗談ではなくて、本気ですよ」

「なるほどね、本気なんだ」彼の表情を見て、回復したのだな、とわかり、嬉しくなった。笑顔を浮かべたあとで、「それで」と話を変える。「国重は？」とフェンスの前で陸上部のエースを待ちわびる沢木にも聞こえるようなボリュームで、訊ねた。

平原から答えは聞かれなかったが、沢木がメモ帳を向けてきた。メモ帳だけ、と言ったほうがいいか。彼の視線はグラウンドに固定されている。

メモ帳には「トイレ」と書かれていた。昼食前に見る単語ではないな、とすぐに視線を外し、お弁当の包みを解く。蓋《ふた》を開けると、小さなハンバーグが入っていて、それも冷凍食品ではなく手作りで、それだけのことではあったが、今日一日が素晴らしい日になりそうな予感がした。

ハンバーグを頬張ったところで、「あー、すっきりした」という声が耳に届き、「もー」と抗議の声を上げる。直接的な言葉ではないけど連想してしまうでしょう、と彼の落ち度を説明しようとしたのだが、わたしはその言葉を止める。

国重がそばまで来て、「先輩、どうぞ」と平原がベンチから離れ、わたしの隣に座った。

「どうしたの、それ」

わたしは、国重の顔を凝視している。

「眼鏡だよ。昨日もかけてただろ」

「でも、学校ではしないんじゃなかった？　必要ない、って」

「お前が、迷惑だって言ったんだろうが」国重が身体ごとこちらを向く。「覚えてねえのか？」

覚えていた。「言ったけど」

「これで迷惑じゃねえだろ」

わたしは答えずに下を向き、箸でつまんだ卵焼きを口に運んだ。もぐもぐと動く頬に熱があり、国重の行動に戸惑っていて、それがどんな味なのかわからなかった。

昼食を終える頃には、「昨日から思ってたんだけどさ、似合わないよね、その眼鏡」と国重に言えるくらいにはなっていた。立ち直ったというのが適切な言葉なのかはわからないが、普段の自分を取り戻している。「その髪型に眼鏡は変だよ」

「うるせえよ」国重が口を曲げる。「誰のためだと思ってんだ」

男のくせに女のせいにするんだ、と迎え撃とうとしたのだが、「あ、そうだ」という国重の高い声によって、タイミングを失った。「何?」と訊く。

「絵を描いてくれよ」

「そのつもりだけど」とトートバッグを持ち上げる。

「そうじゃなくて、似顔絵」

「誰の?」わたしは首を傾げる。「もしかして、国重の」

「違うって。写真だよ、写真」

「金永ですか」と平原が訊ねた。「金永徹《とおる》」

「そう。これから金永のことを調べるわけだろ、殺し屋に辿り着くために。そのためにはあいつの名前だけじゃなくて、その顔があったほうがいい。けど、あの写真を見せて歩くわけにもいかねえだろ。死んでるわけだし、怪しまれる。というわけで、描いてくれよ。得意だろ、絵」

「嫌だよ」

「どうして？　人間の絵は描かない、っていうこだわりか何かがあるのか？」

「死人の絵を描くのは、嫌。気持ち悪いもん」

「そうじゃなくて、あいつが生きてた頃の顔を想像して描いてくれればいい。それなら問題ないだろ」

「問題だらけだよ。それに、殺し屋の件も乗り気じゃないんだけど、わたし」

「頼むって、辻尾。とりあえず絵だけ」国重の大きな身体が擦り寄ってくる。「ざっとでいいんだ、ざっとで。少々、似てなくてもいいからさ」

その発言には立ち向かいたくなった。「ちょっと待ってよ」と言い、「わたしが描けば似てるに決まってるじゃない。デザイン科だよ」

「だよな。だったら頼む。スケッチブックじゃなくていいからさ、この」と言って、国重がポケットから折り畳まれたコピー用紙のようなものを取り出す。Ａ４サイズの白い紙が、数枚重ねられていた。

「そんなに会いたいの？　殺し屋。人生において殺し屋との出会いなんて、そう重要じゃないよ、きっと」

「それは会ってから判断する。な、頼む」

そこまで真剣に頼まれては断りにくい。その熱心さは「殺し屋に会うことの楽しみ」以外にも裏に何かあるのではないか、と思わせ、しかし、おそらくそれを質問しても「そんなものはねえよ」と答えそうではあって、「貸していいからよ、貸しで」という提案もあり、こういう熱のこもったお願いというものには弱く、最終的には「本当にざっと描くだけだよ」と折れてしまった。

「おっ、サンキュー」国重の声が弾む。「じゃあよ、早速」と腰を上げ、写真を取り出した。

死体かもしれない男の顔をいつまでも眺めるのは気持ちいいものではなく、だから特徴だけを拾い上げ、素早く鉛筆を走らせた。頬骨の出っ張った輪郭、太い眉の形、長髪を後ろに撫でつけたような髪型に気をつけ、最も特徴的な団子鼻をしっかりと描いた。あとは想像力に頼り、瞼を開かせる。五分くらいで描き上げた。

「さすがだな、辻尾」と国重が手放しで絶賛し、「すごいですよ、先輩」と平原も誉める。「生き返りましたよ、彼」と大袈裟なことも言った。「金永は絵の中で蘇《よみがえ》りました」

「それほどでもないけど」と言ったわたしは満更でもない表情を浮かべている。

沢木が近づいてくるのがわかったので、そちらに視線を向けた。「観察は?」と言葉も向ける。

「彼女が来ないんだ」という言葉が不安げにメモ帳に書かれていた。「今朝はいたよな?」と国重に確認する。

「いた」国重が頷く。「あいつはどこにいても目立つからな。眩しい場所に目を向ければ、すぐに見つかる」

「彼女って、自分で光を発せられるタイプだもんね」と言ったわたしの口調には、明らかにひがみの感情がこもっていた。

沢木が溜め息のような息を吐く。それから、目を離したこの短い時間に彼女が現れているかもしれない、と考えたのか、急ぎ足で屋上の端に向かった。

フェンスにしがみ付くようにして下を覗き込む沢木の頭が、左右に揺れる。背中ががっかりとしていて、彼女がまだ現れていないことがわかった。

「体調が悪いんじゃねえか」国重が可能性を口にする。「人間はな、残念ながらいつも元気じゃねえ」

耳障りな音が聞こえたのは、その直後のことだった。その音の正体が何なのかを知っていたわたしは、いや、その場にいた全員がその方向に視線をやる。

校舎と屋上を繋ぐ扉が開いて、ある人物が入ってきた。わたしたちはその人物の登場に目を大きくして驚き、噂をすれば影、という諺《ことわざ》は信憑性のあるものなのだな、と考えた。

宮瀬春美の登場は屋上の空気を一瞬だけ停止させ、「いたじゃねえか」という国重の声によって、再び動き出した。彼女の全身を覆う白いジャージは神聖な儀式の前に羽織る、清めのための衣のようにも見えた。

宮瀬さんは真っ直ぐ前方を向いて屋上をつかつかと歩き、その視線の先には沢木がいて、迷いのない彼女の表情に比べて沢木のほうはというと、視線が定まらないようで、急激に喉が渇いたのか忙《せわ》しなく喉を上下させ、落ち着かない様子だった。

ずっと好きでした、という彼女からの告白は期待できないな、とわたしは直視できない気分になる。確かに奮然たる決意のようなものは窺えたが、それは気恥ずかしさや緊張を伴ったものではなく、険悪な空気を漂わせていた。

宮瀬さんが、沢木の前に立つ。少しだけ見上げていて、意外と身長が低いのだな、と驚かされる。涼しげな目元が吊り上がり、彼女の横顔が勝負でも挑むような表情になった。強い風が吹き、彼女の長い髪が後ろに飛ばされ、勇壮な佇《たたず》まいでもある。

宮瀬さんが拳を振り上げた。え、と思ったのはわたしだけではない。屋上全体が、え、となった。「殴る気だ」という国重の声が隣から聞こえて、そのあとで、その通りのことが起こった。

沢木は呆然とした様子で殴られた左頬を触っている。何が起こったのか、それをどう理解すればよいのかを考えることができず、ただ戸惑いと衝撃の渦の中にいて、目を瞬いていた。

うわー、やったな、と国重がつぶやく。「平手じゃなくて、拳だぞ」とその声は楽しんでいるようでもあった。

「あなたでしょう」と宮瀬さんが強い声を発したので、国重に対する抗議は後回しにする。「屋上からじっと見ているのは知っていたけど、害はないし、放っておいたのに、学校の外までつきまとうなんて、男として最低だよ。そういうの、迷惑だから。そういうの、わたしは許せないから」

沢木は固まっていて、反応すらできない。恋心を抱く相手に殴られ、男として最低と言われ、彼が立ち直れるのか、とそのことが心配になった。

「もうやめてよね」

宮瀬さんははっきりと自分の意思を告げると、背中を向けた。こちらを気にするように一瞬だけ見たので、視線を逸らして他人のふりをする。逆に怪しかったかな、とは彼女がいなくなってから気づいた。

「おい、淳之介」国重が、沢木の肩を叩く。慰めるような行為にも見えたが、やはり国重は愉快そうだった。「痛かったか?」

沢木が慌てて首を横に振る。左手はまだ頬を触っていて、見方を変えれば大切なものを守っているようにも見えた。

「そういうのは最低ですよ、先輩」平原が幻滅したような声を出す。「ストーキング行為」

「ストーキング行為」わたしは、平原の言葉を反復する。「異常な執着心と支配欲の持ち主だったの、沢木」

沢木は先ほどにも増して首を振り、信じてもらえないことの悲しみを表現するように眉を下げ、無実を訴えるように目を大きく見開く。

「そんなことよりも」と言った国重の言葉は、沢木への非難をかわす助け舟のようなものかとも思ったが、その表情を見ると、もっと面白いことへのシフトチェンジのようで、それはそれで冷たいんじゃないか、と嘆息を洩らしそうになった。

だからわたしは「そんなことより、何？」と少しだけ声を刺々《とげとげ》しくする。

「さっき、声を出したよな」

「えっ、声？」

「そうだよ」国重が頭を前に倒す。「淳之介が宮瀬に殴られた時、うごっ、って言っただろ。小さな呻《うめ》き声みたいだったけどよ、俺は確かに聞いたぞ」

「そういえば」と平原がつぶやく。「言ったかもしれません」

わたしは少しだけ記憶を巻き戻す。宮瀬さんが沢木の前に立ち、振り上げた拳を弓の弦を引くように後ろに引っ張る。腰を回転させ、腕を前に伸ばした。強固に握られた拳が頬にめり込み、沢木の表情が歪む。

うごっ。

「あっ、確かに。沢木、言っちゃってるよ」

「えーと」国重が指を折って計算をはじめる。「あと二十五日だった。惜しい」

「三百四十日の努力が泡になって消えましたね」と平原がとどめを刺すようなことを言った。

「大丈夫だよ」とわたしは咄嗟に言って慰めの言葉を探すが、そんなものはどこにもなかった。そんなことをしなくても宮瀬さんは君の良さをわかってくれる、とは口が裂けても言えない。彼女はついさっき、最低、と沢木に対して言ったばかりなのだ。「たぶん大丈夫」と語勢も弱くなる。

沢木は、恋する彼女に殴られた時よりもショックな表情を浮かべ、「今のなし！なしだって」とよく通る声で叫んだ。

「俺は絶対に彼女のことをつけ回したりしてない」という主張を、沢木が何度も繰り返す。必要のなくなったメモ帳は、パンツの後ろポケットに突っ込んでいた。「ストーカーと観察者の違いは紳士的かどうか、だ。つけ回して彼女を怖がらせてどうするんだって。逆効果だ。そのくらいのことは心得てる」

「わかってる、っつうの」国重が繁雑そうに表情をしかめた。「前にも言ったけどよ、お前はそんなに暗くねえ。それから、愚かでもねえって」

「僕もそう思います、先輩」平原がぬけぬけと言った。「僕の意識が戻るまでそばにいてくれた先輩は、紛れもなく紳士です」

「でもねー、彼女がねー」わたしは一番の問題点を提示するように声を伸ばす。「わたしたちはそう思っていても、彼女は完全に沢木を迷惑なストーカーだと思ってるみたいだからねー」

「誤解を解く」沢木が力強く言った。「本物のストーカーを捕まえるんだ。俺じゃないとすれば、別の誰かが彼女を見ているわけだろ。つけ狙っているわけだ。そいつを彼女の前に突き出せば、誤解は解ける。なあ、手伝ってくれよ」

「屋上部の活動がまた増えた」と国重が溜め息混じりにつぶやく。「屋上にまた危険なものが持ち込まれたぞ。平和が脅かされた」

「それって、もしかして宮瀬さんのあれ？」わたしは腰を捻って、腕を振る。「暴力」

「正解」国重が指差す。「死、武器、暴力がこの場所にある。最低な組み合わせだっつうの。すべて解決すべき事項だ。平和の敵。問題は解決する優先順位だけどよ」

「もちろん俺の誤解を解くのが先だろ。恋の危機だぞ、緊急事態だ。一刻も早い解決が望まれる」

「拳銃のことはいいのか？」

「恋と拳銃を比べるな」

「どうする？」と国重がこちらに顔を向けてきたので、「当然、恋」と沢木の意見を支持した。彼の誤解を解いてあげたい、という思いもあったけれど、本音を言えば、拳銃や不気味な写真に関わるくらいなら、そちらのほうがましだ、という気持ちが半分はあった。

「啓太は？」

「先輩には借りがありますからね。頼まれれば断れません」

「そういうことなら」国重が後頭部を掻く。「ストーカー退治だ」

「じゃあ、誰でもいいから今日から早速、彼女のことを見張ってくれ」

「淳之介は行かねえのか？」

「俺は待機。連絡を待つ」

「ずるいじゃねえか」

「彼女のことをつけて見張ってると知られたら、俺は完全に嫌われちまうって」

完全に嫌われていると思うけど、と喉まで出かかったが、さすがにそれを口にすることはしない。

「あのー、先輩。僕、今日はまずいんですよね」平原が自分の頭を指差す。「病院に行かなくちゃいけなくて」

「そうか」沢木は納得するように頷く。「じゃあ、嘉人とアカネちゃん、頼む」

「えっ、二人！」わたしは甲高い声を出して、慌てる。「二人きりで？」

「何だよ、その不安そうな顔は」と国重が睨んでくる。

「不安じゃなくて」と自分の中の動揺と向き合うようにするのだが、そこに小さな喜びや楽しみなどが見て取れて、それによってさらに狼狽《ろうばい》した。デートみたいでいいじゃないですか、と平原が軽い気持ちで言い、わたしは鼓動が激しくなるのを必死で抑える。「良くねえよ」と国重が言った声が耳に届き、良くないのか、とがっかりとする自分もいた。

「とりあえず、今日は二人で頼む」沢木が拝むように手を合わせる。「なあ、嘉人。アカネちゃんも頼むよ」

仕方ねえな、と国重が言ったので、わたしも頷いた。

陸上部の練習が終わるのを待って、尾行を開始する。大きな照明に照らされたグラウンドでは入念なトレーニングが繰り返され、最後のスタート練習の反復は地味であったが気迫がこもっていて、修行や練磨と表現してもよく、彼女の栄光の陰には努力という積み重ねがあったのだな、と今さらながら感心した。同性のわたしが見惚れてしまうくらいの姿で、悔しい気持ちにもなる。

学校を出た宮瀬さんは先ほどまでの真剣な表情を和らげ、数人の友人たちと一緒に普通の高校生に戻った。駅前にある雑貨店やスポーツ洋品店に寄り、誰の提案なのか、ファストフード店に入った。

その間、わたしはずっと周りを気にしていた。宮瀬さんがストーカーの影を気にしているのは当然だけれど、わたしも周囲を気にしている。

知った顔が周りにいないか、ときょろきょろと確認する。国重と一緒にファストフード店で顔をつき合わせる姿を誰かに見られれば噂が確信に変わり、それが良枝の耳に入れば、わたしは嘘つきということになってしまう。嘘つきではないのだが、本当に友達なんだよ、と言っても信じてもらえそうもなかった。身体を縮めるようにして、隠れるようにしながらポテトを食べる。

店を出て駅に到着したのは午後八時半くらいで、ピーク時に比べれば混雑は少なかったが、それでも熱気がこもるくらいの賑わいはあった。その頃になると沢木からの電話が十分おきにかかってきて、国重はそのことにうんざりとしている様子だった。切る、と宣言して、携帯電話の電源をＯＦＦにした。そのあとはわたしのところにも電話がかかってきたが、出るな、切れ、という彼の言葉に従い、電源を切る。ここまでのところ彼女の周りに不審な人物はおらず、最初の頃にあった緊張感も薄れつつあった。

電車に乗り込む際にちらっと彼女がこちらを気にした様子があり、「あっ、屋上にいた二人だ」と気づいたかもしれなかったが、何かを言ってくることはなく、車両に沢木の姿がないのを確認して安心したのか、それからは友人とのお喋りに集中していた。わたしたちは同じ車両に乗っていて、位置関係としては端と端に別れている。

電車が動き出したのをきっかけにするかのように、「秋田が必死に会見をしてたけどよ」と国重が突然に言うものだから、「何？」と顔を近づけた。

「秋田だよ、秋田。秋田首相」両手で吊り革を摑む国重は、ぶら下がるように怠惰な姿勢だ。「昨日、会見をやってただろ、偉そうに」

「テロ事件のことについてでしょう。少ししか観てない。水面下では説得と交渉がつづけられています、ってところだけ。一生懸命に努力しているように言ってたけど、あれって嘘だよね。打つ手なし、って顔に書いてあった」

「絶対に嘘だ」国重は断言する。「それでよ、その時に、犯罪件数が右肩上がりになっている、早急に対応しなければならない、って言ってたんだよな。全国の警察に非常事態宣言を発令して、厳格に取締りを行なう、って力強く。それで話しているうちに興奮してきたんだろうな、ミサイルが落とされても犯罪者は絶対に許しません、なんて口を滑らせて、速攻で訂正する場面があった」

「嫌なニュースが多いもんね、ずっと。犯罪の内容も卑劣で残虐なものが増えた。埼玉の連続放火事件の容疑者は捕まったらしいけど、凶悪事件は全国に広がってるらしいから」

「そりゃ、秋田も興奮するよな。口も滑る」

「それで、どうしてそんな話を？」

「ほら」と国重が一つ向こうの車両を指差す。ここは二号車なので、三号車の方向だった。

覗き込むと、物騒なことが行なわれていた。「あれって、絡まれてる？」

三十代後半くらいのサラリーマン風の男が、少年たち三人に囲まれていた。中学生くらいの年齢に見える。華奢《きゃしゃ》で線の細いサラリーマンは肩を縮めて座っているのだけれど、その両端を少年二人に固められ、前には黄色いキャップを斜めに被った少年がいて、逃げる隙がなく、彼らは優に他人の距離を飛び越えており、サラリーマンの男を精神的に圧死させようと詰め寄っているようにしか見えなかった。彼らの周りに人はおらず、ほかの乗客は巻き込まれないようにと距離を取ったのだろうな、と推測した。

「目的は金だろうな」と国重が分析する。「カツアゲ」

「嘘、こんな公共の場所で？」信じられなかった。「堂々と人目も気にせずに？」

右隣に座っている四角い顔をした少年が、サラリーマンのネクタイを摑んで、揺らす。

「あれが、緩んだネクタイを直してるように見えるか？」

「見えない。どう見ても親切じゃないね」

「悪いことっていうのはよ、せめてこそこそとやって欲しいよな」

「悪いこと、っていう自覚がないんじゃないない、彼らには」

「人のネクタイを無闇に乱してはならない、っていうのは常識だろ」

「だね。そのあとでお金を要求するのも悪だよ」

サラリーマンが助けを求めるように首を振り、そしてこちらにも視線を向けた。様子を窺っているわたしたちに気づき、彼の細い目が国重をじっと見つめる。七と三に分かれた髪の毛は少年たちの攻勢にも乱れてはいなかったが、彼の心はその体型と同じように小さく削られているようだった。

「どうする？」とわたしは訊く。

「どうもしねえよ」

「うわっ、それって噂の最低な行為、見て見ぬふり、だ」

「見て見ぬふりなんてしてねえだろ。俺はちゃんと見て、助けない、と決めた。気づいていたよな、と質問されれば、ちゃんと肯定する。見て見ぬふりじゃねえよ。ただ助けないだけだ」

「それも最低だと思うけど」

「あのな、ああいう奴らは変態なんだよ。お前が言うように、公共の場所で堂々と因縁をつけるなんて、考えられない。世界遺産に自分の名前を書いたり、せっかく植樹した桜の苗木を折ったりする奴らと同じだよ。変態だ」

「だから？」

「俺があいつを助けるとするだろ。俺は圧倒的に強くて、当然、三人をぶっ倒す。サラリーマンは礼を言って、三人は敗北を味わう。それで終わりになりゃいいけどよ、あいつらは変態だ。絶対に恨む。自分たちの行為を反省することなく、仕返しを考えるんだ。変態のパワーは捻じ曲がってるんだっつうの」

「それが嫌なんだ？」

「馬鹿だなー、辻尾」国重が呆れる。「あのな、あいつらは変態だって言っただろ。ああいう奴らは仕返しを決めると強い者を狙うんじゃなくて、弱い人間を狙うんだって。そういう思考回路になってんだ。俺の連れである、お前が狙われるんだよ」

「え、わたし？」

「そうだよ。そうなったら面倒だろ」

「面倒、だね」

わたしはつぶやき、国重を見つめる。

「何だよ」

「何でもない」と足元を見るように目を逸らした。

わたしのことを気にかけてくれたの、と思うと胸の中で嬉しさが広がったが、そんな感情を邪魔するように脈絡もなく突然、国重の裏の部分、彼のバイトのことを思い出し、顔を上げた。「今日はバイトないんだ？」と棘《とげ》のある声で訊く。

「ねえよ」

彼はどうしてあんなことをしているのだろう、と悔しくなった。

宮瀬さんが電車を降りたので、わたしたちも降りる。少年たちに囲まれていたサラリーマンがどうなったのか、わたしは知らない。彼らは電車に乗ったまま、行ってしまった。だからそのあと素直にお金を差し出したのか、暴力を加えられた上にお金を搾取されたのか、それとも何とか少年たちのプレッシャーに耐えてお金だけは守ったのか、わたしにはわからない。

友人と別れて一人になった彼女のあとを、充分な距離を空けて追う。改札口まで来ると、一駅分しか切符を買っていなかったわたしたちは、精算所で足りなかった運賃の支払いを済ませることにする。見失うなよ、との国重の指示を受け、彼女がどちらに行ったのかを確認していた。

駅の東口に向かう側には待ち合わせの人々や帰宅する者の姿が多かったが、宮瀬さんが向かった西口の方向には人影が少なかった。駅舎の外に出るために長い階段を下るのだが、そこにも人の姿は数えるほどしかない。

駅周辺には空き地が多く、開発途中というよりも、開発から取り残された、という表現がぴったりのように思われた。街灯はあったが、薄暗い。

わたしたちは彼女からさらに離れて、歩く。足音で気づかれそうなほど寂寞《せきばく》な夜が広がり、話をするのも気を遣った。「こんな場所で、誰かにつけられている、って感づいたらたまらないだろうな」と囁くと、「まあ、怖いよな」と国重も共感した。「殴りたくもなるって」

「だよね。殴るのはやり過ぎかな、と思ったけど、頷ける」

「だったら、今も怖いんだろうな」

「あ、わたしたちがつけてるもんね。もう帰ろうか？」

「そうじゃなくて、気づかないのか？」

「何を？」

「俺たちのほかにも、宮瀬をつけてる奴がいる」

「え、嘘」わたしは首を振る。「どこどこ？」

先に見えるのは仕事を終えた喫茶店や蕎麦《そば》屋などの小さな店舗や静まり返った雑居ビルだけで、気になる人物はいなかった。

「前じゃねえって。後ろ」

思わず振り返りそうになるのを、国重の「馬鹿」という言葉で思い止まった。つづけて「少し行ったところに右に入る路地があるだろ」と彼は早口に言った。

「ポストがあるところ？」

「そこだ。一旦、入るぞ。つけてる人間を追い越させる」

駐車場のブロック塀と郵便局に挟まれた路地に入ると、身を隠した。暗い路地は隠れるのに適していて、国重はブロック塀に背をつけて、通りを気にしていた。

「あの人？」と訊ねたわたしはスーツ姿の若い男を目で追っている。丸く大きな身体は不摂生の賜物《たまもの》にも見えた。

「あいつじゃねえって。あれは同じ電車に乗ってた奴だ。しかも同じ車両だった。同僚と雑誌のグラビア写真を見て盛り上がってただろうが」

「見てたんだ」

「ていうか、見てなかったのかよ。俺たちが気をつけなくちゃいけないのは、そういうことだろ」

「確かに」わたしは素直に認める。「お見逸れしました」

「あれだ」と国重がささめく。

男がわたしたちの前を横切る。中肉中背のその男は背中を丸めるようにして歩き、大きなカバンをたすき掛けにしていた。強風のあとのように長い髪の毛が乱れていて、三十代半ばくらいの年齢に見える。怪しいといえば怪しいが、見た目だけで決めつけるのはどうなのだろう。「間違いないの？」

「絶対だ」国重は自信満々に答える。「だってよ、あいつ、あの駅にいたんだぞ。改札を出る時に確認した。東口のほうで誰かを待つように立っていてよ。で、宮瀬が西口に向かって、俺たちがそれを追いかけ、ほかにも何人か西口に向かう奴はいたけど、その中に奴も紛れたんだ。友人や恋人と合流した様子はなかったし、見ろよ、一人じゃねえか」

「確かに怪しいけど、約束をすっぽかされただけかもしれないじゃない」

「どうしてあいつを擁護するんだよ。知り合いか？」

「知らない。でも、疑って間違えていました、じゃ取り返しがつかない」

「謝ればいいじゃねえか」そんなつもりもないだろうに、国重は言う。「行くぞ、間違いねえって」

「ちょっと待ってよ」とわたしは国重の背中を追いかけた。


男が歩調を速め、一気に宮瀬さんとの距離を縮めたのは、不摂生なサラリーマンが視界から消えた直後だった。通りは暗く、人影もなく、そばに車道は延びていたが車通りもなく、心細さや重苦しさを具現化したような風景が広がっていた。

忙しない足音に気づいたのか、宮瀬さんが振り返る。遠目でよくわからないが、身体を縮めて怖がっているようにも見えた。早く駆けつけなければ、と焦った気持ちになる。

「やっぱりな」と国重が勝ち誇ったようにつぶやき、走り出した。わたしも追いかける。

「おい、お前」と国重が鋭い声を出し、男の肩を摑んだ。宮瀬さんが、突然のわたしたちの登場に目を大きくし、それは男のほうも同じで、そこに怯えるような表情も加えて、振り向いた。「道を訊いてただけ、っていう、つまらない弁解は受けつけねえぞ」

「な、何なんだ」男の声は上擦っていて、身体を庇《かば》うようにカバンを盾にする。目と眉が離れていて、顎が尖っているためか、山羊《やぎ》に似ていた。「いきなり」

「いきなりはお前のほうだろ」国重は逃がさないように男の肩を摑んだままだ。「彼女に何の用事だよ」

「大丈夫？」とわたしは、宮瀬さんのそばに行く。男を睨み、牽制《けんせい》した。

「いや、ただ僕は、彼女に話を」

「嘘つけよ、ストーカー」国重の声は大きく、隣に建つ倉庫のトタンが微震したようにも思えた。「彼女のあとをつけてたのは、てめえだろ」

宮瀬さんが、「え」という顔をした。こちらを見て、はっとする。屋上にいた二人だ、とようやく気づいたのかもしれない。

「それは勘違いだ」頬を引き攣らせながらも年上としてのプライドなのか、必死に虚勢を張るような口調だった。「話があったんだ、話が」

「お前のせいでな、俺の友達が殴られたんだ。それから声を出してしまった。どう責任を取ってくれるんだよ」

「何だよ、それは」

男が理解できないのも当然で、瞬きを繰り返している。

「どうだよ、わかったか」国重が、宮瀬さんのほうに顔を向けた。「淳之介はストーカーじゃねえぞ。あいつは屋上の観察者だっつうの」

屋上の観察者というのもきっと彼女は快く思ってないよ、と訂正したくなったが、宮瀬さんはぽかんとした表情をして、耳には届いていないようだった。反応すらできないようで、「聞こえてんのかよ」という荒っぽい国重の声によって表情に変化があり、頷いた。

「それさえ理解すりゃいい」国重は満足げに口角を伸ばす。「誤解は解けた。お前はもういいや。こいつのことは俺たちに任せておけ。きっちりとケジメをつけさせてやる。お前の迷惑になるようなことはしねえよ。もうお前の前にこいつは現れない」

宮瀬さんは頭を細かく何度も縦に振り、同意する。しかし、安堵の表情が浮かぶことはなく、身体も固くしたままで、この驚きと怯えはしばらく引き摺るだろうな、と気の毒になった。

「送って行こうか?」とわたしは言ったのだけれど、「大丈夫、すぐそこだから」と彼女は首を振って遠慮した。ありがとう、と小さくお礼を言ったあと、背中を向けて小走りに去って行く。逃げるように、という言葉がぴったりだった。

「僕はストーカーじゃない」と男が声を裏返らせ、その必死さはとてもみっともなかった。

「じゃあ、何だよ」国重が訊ねる。「女を待ち伏せしてあとをつける、っていうのは変態のやることだろ。電車の中で堂々とサラリーマンの金を奪おうとするガキと同じだっつうの」

「違う」と言葉を強くし、男は認めない。「彼女のことをつけていたのは認めるけど」とそのことについては頷いたあと、「僕は」と言ってカバンの中をごそごそとやり、「これで写真を撮りたかっただけだ」と大きな一眼レフカメラを取り出した。

「彼女の写真を撮ってどうするんだよ」国重が嫌な顔をする。「部屋に飾ってにやにやと楽しむんだろ。パソコンで加工するのか？　そういうのは健全じゃねえぞ。もう隠し撮りをしてんじゃねえだろうな」

「違う、違う。僕はフリーのカメラマンだ」男は縒《よ》れたジャケットの内ポケットに手を入れると、名刺を取り出した。それを国重に渡す。「だから、彼女に声をかけた。写真を撮らせてもらえないか、と思って。それだけだ」

国重は名刺を眺め、「石川重富《いしかわしげとみ》」とつぶやいた。「で、その撮影した写真をどうするつもりだった」

「いや、それは」男が言いにくそうに口ごもる。「企業秘密というか、仕事のことはちょっとね」

「それか？」と国重が男のバッグの中身を指差す。

石川が上半身で覆い被さるようにして、バッグを隠した。それは明らかな動揺と不自然な動きで、国重はバッグを引っ張るようにして奪い取ると、中の物を取り出す。

薄い雑誌だ。表紙には初々しさを強調させた、学生服の女の子が笑っている。甘い感じのする雑誌名が印刷されていて、それが何冊かあった。どれも微妙な違いこそあれ、同じコンセプトの雑誌だとわかる。

「そういう雑誌に投稿すると、いくらか金がもらえるんだよな」

「うわ、最低」わたしは全身に嫌悪が走るのを感じる。「やめてよね、そういうの」

「もちろん許可はもらう」石川は必死に弁解する。「勝手にはやらない。嫌だと言われれば無理強いはしないし、隠し撮りもしない。それは鉄則」

「けど、そういう雑誌に投稿することは伝えねえんだろ。モデル事務所を騙《かた》って、試し撮り、とか言うんじゃねえのか。正直に言えば、絶対に撮らせてもらえねえもんな」

「それは」と石川は言って、黙る。俯き、カメラをぎゅっと握った。

反論の言葉がないということは、図星と受け取ってもいいだろう。「うわ、最悪」と言って、男との距離を空けた。

「もうわかってると思うけどよ、彼女には近づくな」国重の口調は説き伏せるようではなく、怠惰そうだった。「ストーカーじゃなくてもな、あとをつけられれば迷惑なんだよ。気持ち悪いんだ。間違って罪のない人間を殴りたくなるほど、腹が立つ」

「写真を撮られて、知らない間にそんないかがわしい雑誌に載せられているなんて、絶対に許せない」わたしは声に焦心を混ぜた。「女子高生だからって舐《な》めないでよね」

「生活のためにはしょうがないだろ」

石川の声に変化があった。ゆっくりと上げた顔には不服そうな苛立ちがくっ付いていて、これは危険じゃないか、と敏感に感じ取ったわたしは、さっと国重の陰に隠れた。

「僕だって嫌だよ」と声を上げ、石川が突っかかってくる。国重の胸のあたりを両手で摑み、揺らす。予想外の行動に、わたしだけではなく、国重も目を瞬いていた。

「僕だって本当はこんなことしたくない。新聞社や雑誌社や通信社に就職して、専任のカメラマンになって、事件現場や事故現場に駆けつける。そういうカメラマンになりたかった。そういう颯爽としたカメラマンが目標だった。ううん、フリーでもいい。自分の腕一本で写真を持ち込み、それが新聞の一面になったり、雑誌の巻頭カラーを飾ったり、そういう仕事がしたいんだ。でも、無理なんだ。新聞社には見向きもされないし、写真を持ち込んでも、一度も採用されたことがない」石川はそれまでの苦労を思い出したのか、鼻を啜った。「でも、僕にはこれしかなくて」と相棒を見るように、カメラに視線をやる。「だからこういう雑誌に投稿して生活費を稼いでるんじゃないか。しょうがないだろ」

その迫力にわたしは気圧《けお》され、彼も苦労をしているのだな、と少しだけ、ほんの少しだけ、何も知らずに彼を責めたことを反省した。

しかし、国重はとても彼らしい反応を見せる。

「知るか」と石川の手を振り解きながら吐き捨て、それから彼の顔面を殴ったのだ。

石川は地面にお尻を強打し、顎を支えるように左手で押さえ、涙を滲ませた目で国重を見上げている。話を聞いていなかったのか、と訊ねているようでもあった。

「俺が言いたいのは、彼女に近づくな、ってことだ。それ以上でも以下でもねえ。お前はそれに対して答えを出す。それだけに集中しろ。お前の思いや苦悩なんて知らねえよ」国重は容赦なく、突き放す。「で、答えだ。集中して素早く答えろ」

「もう」石川が細い声を発する。「彼女の前には現れない」

「よし、解決」国重が満足そうに微笑む。その顔でこちらを見た。「案外、簡単だったな」

段階を踏んで、慎重に問題に取り組むとは思っていなかったけれど、強風によってすべてを吹き飛ばしたような解決の仕方に少しだけ戸惑っていた。しかし、国重の言うように簡単でわかりやすく、勘違いのしようもなく、その点については評価できるかもしれなかった。

「淳之介に報告してやらなきゃな。泣いて感謝するぞ、あいつ」

国重がそう言ったすぐあとで、地面にへたり込んだ石川が、「あっ」という大きな声を出した。「それって」という声が聞こえたので注目すると、彼は前方を指差していた。

わたしたちはその指先を追い、そこにある物を見つける。国重の足元に、それはある。「落としたのか」と国重がパンツの後ろポケットを気にした。

「金永徹」と石川がつぶやく。

そこにはわたしが描いた、あの似顔絵が落ちていた。

「知ってるのか、こいつのこと」

国重が似顔絵を拾い上げ、ちゃんと確認しろ、とでも言うように、もう一度、石川に見せる。

「髪型は違うようだけど、目のあたりがそっくりだ」石川が確信を持って頷く。「でも、友達ってわけではないし、会ったこともない」

「じゃあ、どうして知ってる」

「三年くらい前だったか」石川の眼球が一瞬だけ夜空を見た。「追っていたんだ、彼のことを」

「つきまとってたわけか？」国重の声が尖る。「お前のその習性は何なんだよ」

「つきまとうというのか、そこまでも行けなかった。見つけられなかったから、結局」石川が苦い表情で笑う。「あの頃はフリーの記者と一緒に行動していて、金永の情報も彼から聞いたものだった」

「何者なんだよ、金永徹って」

「詐欺師だよ」石川は殴られたダメージを引き摺るように、ゆっくりと立ち上がる。お尻の汚れを払った。「いろいろな人間を騙していたらしい。年齢や性別を問わず幅広く。悪い奴だよ。そういう情報をフリーの記者がどこからか仕入れてきて、接触することにも成功して、僕に話を持ってきた。自分が囮《おとり》になって騙されたふりをするから、その様子をこっそりとカメラで記録してくれ、って。会員制の通信販売ネットワークへの登録、っていう通信販売詐欺だったと思う。ピラミッド型に会員を増やす、っていうねずみ講に近いマルチ商法。高い配当と確実性を謳《うた》ったうまい儲《もう》け話。簡単に利益を得られる、っていうありえない話」

「それで？」

「その時に彼の写真を見せられて、その顔を見た。間違いない。記憶力には自信がある」石川がこくんと頷く。「でも、気づかれたようで、彼は現れなかった。ああいう商売をやっている人間っていうのは、鼻が利くんだ。危険を嗅《か》ぎ取る能力に長《た》けてるんだよ。あと一歩のところで逃げられた」

「詐欺師かー」国重がかったるそうに語尾を伸ばす。「そりゃ、恨まれるだろうな」

「何人かの被害者に話を聞いたけど、みんな怒ってたよ。ぶっ殺してやる、って叫んだ男もいた。やり過ぎると本当に殺されるかもしれない。顔をさらすし、リスクのある仕事なんだ、詐欺師なんて」

ぱん、と頭の中にあの写真の映像が過り、恐ろしい気分になる。本物だったんだ、とつぶやくと、冷水を背中に垂らされたような心地になった。

「だったら、殺し屋に頼んで殺してもらう、ってこともあるだろうな」

「殺し屋という職業がこの世に存在するなら、そうかもしれない」

「でよ、そのフリーの記者ってどこにいるんだ？」

「彼はもう記者をやっていない。実家の和菓子店を継いだ、って聞いたけど」

「へー、どこ？」

石川はその場所を詳細に説明し、国重は質問を挟みながらそれを記憶する。元フリー記者の名前を頭の隅に刻んだあとで、「みどり屋本舗だな」と店名を確認した。

「それじゃあ、もう帰ってもいいかな」と石川が訊ねてくる。主人の機嫌を窺うような様子で、背中を丸めていた。

「約束は守れよ」

「もう殴られたくはないからね」と石川が左の頬を押さえる。それからお辞儀をするように頭を下げると、「君たちから、彼女に謝っておいてくれないか」という言葉を残し、背中を向けた。

「ストーカーじゃなかったね」

わたしは小走りに遠ざかる男の姿を見送っている。

「けどよ、繋がったな」国重が似顔絵の描かれた紙を指で弾いた。「ストーカーを追ってたら、殺し屋に繋がる情報を得た」

「でもさ、ちょっと偶然に過ぎない？」

「だから何だよ」と表情を歪ませた国重の声は、破裂音に似ていた。

## 5

「昨日は何してたの？」と良枝に訊かれ、はっとした。わたしはまだ椅子《いす》に座ってもいなくて、引いた椅子を思わず倒しそうになった。もしかして誰かに見られていたの？　と考えるが、わからない。

椅子に腰掛けながら、「どうして？」と探りを入れる。

「電話したんだけど、電源が入ってなかったから」

「ああ」わたしは思い出す。沢木の電話がうるさくて、電源を切っていたのだ。「充電がなくなっているのに気づかなくて」と咄嗟に嘘をつく。

「ふーん、そっか」

疑っている様子はなかった。

「何か用事だった？」

「あのね、用事ってほどのことじゃないんだけど」彼女の表情が曇ったのが気になった。「昨日、父さんが変な少年グループに襲われて、お金を盗られちゃったんだよね。顔を腫《は》らして帰って来てさ、その怒りを誰かに聞いて欲しくて、それから何だか悲しくなっちゃって、慰めて欲しくもあったんだよね。それで電話したってわけ」

話を聞いて、昨夜、電車内で見かけたサラリーマンのことを思い出したが、少年たちに絡まれていたあの男が良枝の父親でないことはわかっていた。良枝の父親とは面識があり、彼女に似て丸顔だったから、似ても似つかない。

「そうだったんだ、ごめん」

友人が弱って塞いでいる時に何もしてあげられなかった自分に腹が立つ。

「ううん、いいんだけどね。寝ちゃったらすっきりしたし。わたし、そういうタイプだから」と笑った良枝の笑顔には少しだけ無理があって、ちゃんと話を聞こうと決めた。「お父さんも無事だったしね。今朝のニュース観た？　近所にある建設会社の資材置き場で、死体が見つかったんだよね。若い男の子たちだって。暴走族のメンバーらしくて、対立していたグループとの抗争に巻き込まれたんじゃないか、って言ってた。それでね、それを観たお父さんが、殺されなかっただけラッキーだ、って言って笑ってて、それで何となくほっとした。だから、もう大丈夫」

「今度は絶対に出るから、電話」

「じゃあ今度、父さんが襲われた時はお願い」

笑っていいものか、と迷っていると、「だよね、笑えないか」と良枝が舌を出す。

「でもさ、今ってそんな時代なんだよね。危険はすぐそばに転がってる」

「テロリストたちって、世界の終末を煽ってさ、その恐怖で世界を覆い尽くして、世の中を滅茶苦茶にしてやろう、とか思ってるんじゃないのかな。それが目的だったりして」

「ありえるね」良枝が腕組みをする。「世界の隅で燻る悪意や邪意を呼び起こして、混乱と破滅を広める。ミサイルよりも効果があるかも」

「ねー」とわたしは肩を落とすようにした。

「それで、昨日は何をしてたの？」

「えっ」わたしはうろたえ、身体をびくんと反応させる。「だから、充電が」と口にした声は上擦っていた。

「嘘でしょう、それ」

あはは、とわたしは笑って誤魔化そうとするが、失敗した。が、それを押し通す。

「沢木、良かったね」

昼休みになり、屋上に急いだわたしは声を上げ、茶色い頭を探す。

彼は、ほかの二人と一緒にベンチのところにいて、近づくと「本当に助かったよ、アカネちゃん」とほっとしたような笑顔を浮かべた。

「ほとんど俺の働きだ。辻尾はそばにいただけだって」

それについては反論することができない。国重の言う通りだった。そばにいただけで、主要な登場人物ではなかった。エキストラに近い。

「僕は参加すらできなかったから、残念です」と平原。頭にはまだ痛々しい包帯が巻かれている。「病院に行って包帯を取り替えただけですからね。行きたかったですよ」

「お前の出番はこれからだって」国重が、平原の肩を叩く。「言っただろ、今度は殺し屋だ」

どうやら昨夜のフリーカメラマンから得た情報を、国重は話したらしかった。「面倒なら、面倒ってはっきりと言ったほうがいいよ、平原君」とわたしはそう言ってくれるのを願って、助言する。

「贅沢《ぜいたく》っていうのは、人がやれないことをやることではなく、人がやらないことをやる、ということだと思うんですね」

「うん、それで？」

「殺し屋探し、というのはとても贅沢なことだと思うんです」

「だから、断らないってこと？」

「贅沢はしたいですよ、先輩」

ドアが開く音がしたのは、その直後のことだった。唐突に開く屋上のドアというものにあまり良い印象を持っていなかったわたしは恐る恐る振り返って、その方向を見た。

「あっ、宮瀬さん」

白いジャージを着た宮瀬春美が、控えめに開けたドアをすり抜けるようにして、こちらに向かってくる。その足取りは昨日と同じ力強いもので、その姿に臆したのか、沢木は身体を強張らせ、地面に根を張り巡らせる一本の樹木のように立ち尽くしていた。

宮瀬さんが、沢木の前に立つ。真っ直ぐに彼を見ている。殴ることはないと思うが、昨日の情景がちらついた。

「疑って、ごめんなさい」と彼女は頭を下げた。武道家が試合前に挨拶を交わすような礼儀正しさがあり、潔い謝罪で、好感が持てた。

沈黙が流れる。宮瀬さんは頭を下げたまま、動かない。

「何とか言ってやれよ、淳之介」と国重が、沢木の腕を突く。

沢木は咳払いを何度か繰り返したあと、「まったく問題ない」と声を張った。視線はもうほとんど空を見ていて、彼女は視界に入っていないのではないだろうか。情けないな、とは思わず、可愛らしさを感じ、笑顔になった。

彼女は「本当に」という言葉をつけ、もう一度謝った。沢木も「本当に」という言葉をつけ、「まったく問題ないです」と声をひっくり返す。

居心地の悪い間が空き、「それじゃあ、わたしはこれで」と宮瀬さんが背中を向けて行こうとしたので、「あ、ちょっと」とわたしは声をかけて止めた。何？　という声を待ったあとで、「今日は送って行ったほうがいいよね」と提案する。

「それは」宮瀬さんが申し訳なさそうな顔を見せた。「大丈夫だよ。もう来ないと思うし、あいつも」

「まあね、国重が約束させたからそれはないと思う」

「だったら、安心」

「嘘だね」わたしは自信を持って言う。「怖いでしょう、まだ」

宮瀬さんの表情が沈んだ。「そんなことは」と言ったが、そのあとがつづかない。

「昨日のこと、友達や親には言ってないんでしょう。心配をかけちゃいけない、と思って。宮瀬さんて、そういう人っぽいから」

「俺の仕事は完璧だったぞ」国重はけちをつけられたと思ったのか、不愉快な顔をする。「抜かりはねえって」

「わかってないなー、国重」わたしは大きく溜め息を吐き出す。「彼女は今日も陸上部の練習があって、帰りが遅いの。昨日、一緒に行ったんだから知ってるでしょう、あの帰り道の暗さと静けさ。変な人物につきまとわれて、それが解決してもね、怖いんだよ」

宮瀬さんはやはり「大丈夫」と言ったが、わたしも引き下がることはせず、「送って行くから」と粘った。「つきまとうから」と笑いかけると、彼女がくすっと表情を崩した。「わたしって、つきまとわれやすい性質なのかな」

「だ、だったら」と強張った声を響かせたのは、沢木だった。「俺も一緒に」

「当たり前でしょう。わたし一人に守らせる気？」

「じゃあ、僕も行こうかな」平原が乗ってきた。「今日は病院に行く予定もないし」

「国重は？　仕事の仕上がりを確認するには送って行ったほうがいいと思うけど」

「今日はバイトだ」

「あっ、そう」

わたしは不機嫌に声を荒っぽくする。お金をもらって女性といちゃつくことのほうが大切だよね、となじりたくなり、その言葉が喉を上がって口から溢れ出ようとしたが、呑み込むことに成功した。それは、ありがとう、という宮瀬さんの声が聞こえたからで、「でも、みんなはどういう集まりなの？」という質問が耳に届いたからだった。

「屋上部だ」と国重が説明もなしに、当然のことのように言う。

「屋上」宮瀬さんは周囲を見回したあと、国重を視界の中心に置き、「部？」と首を曲げた。

「屋上を愛する者の集まり」

わたしは、国重が余計なこと、たとえば拳銃や殺し屋の件を話し出す前に、答える。

「そうなんだ」宮瀬さんは怪しんでいるのか、疑っているのか、難しい表情をする。

「そういうのがあったんだ」

「あったんだよ」と国重は頷き、それから陸上部のエースである彼女を、「陸上部と屋上部って似ていると思わねえか、ついでにこっちにも入れよ」と誘いそうな雰囲気があったので、「練習はいいの？」と口を挟んだ。

「あっ」と宮瀬さんは言って時間を気にするが、ここに時刻を確認するものはない。

「じゃあ、わたしはこれで」と慌てたように背中を向けた。

「帰り、絶対に送って行くから」と声をかけると、宮瀬さんが振り向き、「お願いします」と微笑んだ。

「はい」と不自然なほど大きな声で答えたのは沢木で、その様子は上官の命令を受ける兵士のようだったが、そこにあるのは正義感や使命感ではなく、ただの緊張のようだった。

国重が、沢木の後頭部を優しく叩き、わたしも健闘を称えるように彼の背中を叩いた。

「宮瀬さんってもてるよねー、絶対」わたしは揺れる電車の中で、彼女の横顔を見つめている。「インターハイで優勝でしょう。勉強もできるみたいだし、何といっても可愛い。もてないほうがおかしいよ」

「妬んでいるように聞こえますよ、先輩」隣の平原が涼しげに笑う。「気をつけたほうがいいです」

「平原君、忠告はありがたいけどね、妬んでいるから、わたし」

「正直ですね、先輩は。気持ちいいです」

「もてないよ、わたしなんて」その謙遜は嫌味なものではなかった。「外で走ってばかりだから日に焼けているし、休みの日だってジャージだしね。一番お洒落な服っていうのが、学校の制服っていう無頓着ぶりだし」

「それがいいんだよねー、また。真っ直ぐでさ。そういうところに惹かれる人って多いと思うよ。沢木を殴った時なんて驚いたけど、すごい、って思ったもん。真っ直ぐでなくちゃできない」

「そうかなー」宮瀬さんが首を捻る。「不器用なだけだよ。ほかのことまで目が向かないから、陸上にのめり込んじゃうわけだし、早とちりをして沢木君を殴っちゃったのも、思い込んじゃうと別の可能性を考えないから」

「でも、あれは良かったよ」わたしは右腕を振る。「がつん、ってね」

「素直に喜べないけど」と彼女は複雑そうだった。

自分のことが話題に上っていることを知ってか知らずか、沢木はドアの近くに立っていて、会話に入ってこようとせず、こちらに近づくすべての者を睨みつけるように警戒しており、そのせいで面倒なことになるのではないか、と心配になってくる。

「電車の中は大丈夫だと思うよ」と声をかけると、「一応な」と沢木は短くつぶやき、緊張を解こうとしない。その姿には重要な任務に従事する警護者のような真剣さが漂っていた。ということはなく、獰猛な番犬に見える。

「やっぱり、何だか悪いな。みんなに送ってもらって」

「大丈夫だよ、楽しんでるから」

「え、楽しいの」

宮瀬さんが怪訝な表情をする。

「そう、とっても楽しいんだよ」

その声が聞こえたようで、沢木の肩がぴくりと跳ねたのが愉快だった。

駅に到着すると、改札口の周辺や券売機の前に立つ人々の中に、昨夜のカメラマンの姿がないかと注意を払う。「今日は大丈夫みたい」と報告したのだけれど、沢木の警戒レベルは下がることなく、威嚇するような姿勢を崩さない。

駅舎を出たわたしたちは、赤いキノコについての話題で盛り上がっていた。「あいつらって、楽しんでいると思いませんか」と平原が言ったのがきっかけで、「あのメッセージとか、ふざけていますよね」と憤った様子ではなく、むしろ楽しむような口調で、こちらに意見を求めてきた。君もね、と言いたくなる。

あのメッセージ、というのは、テロリストたちが毎日、一回だけ姿を現し、とはいっても主張を叫ぶということではなくて、覆面に軍服姿で感情が読み取れるところもなく、何をするかといえば、紙に書いたメッセージをカメラの前に見せる、というもので、その言葉はすべて英語で書かれていた。

メッセージは毎日、標語や教訓のようにニュースやワイドショーで紹介され、そこに暗号や謎が隠されているのではないか、とパズルのような並び替えを繰り返し、聖書に隠された預言よろしく、無理やりな解釈を展開させる番組もあった。アメリカ政府だけに向けた要求が隠されているのではないか、という憶測もあったが、アメリカはそれを否定している。

「最初のメッセージが、『我々は専門家です。良い子は真似しないでください』だもんね」わたしは思い出しながら、言う。「あれには拍子抜けしたよ。本気なの、って感じだった」

「『賢明な人間はこの映像を観ないでください』というのもあったよね」と宮瀬さん。

「そのくらいはまだいいですけど、『大統領はバナナシェイクが好み』というのはどうなんですか」

「その日のニュースでは、バナナをミサイルに喩えて、軍備増強を唱えていた大統領への批判だ、って言ってたけど」

「考え過ぎです」平原がぴしゃりと言う。「あれはその通りのことを伝えているだけですよ」

「『大統領は普段よりも食欲旺盛《おうせい》』っていうのもその通りのことだとしたら」わたしは小さく息を吐く。「余裕あるじゃん、って感じだよね」

「『大統領は能無し』、『大統領は無類の女好き』という挑発的なものもありました」

ふとアメリカ合衆国大統領の姿が頭に浮かんだ。拉致された当初はまだ威厳を保っていたが、今ではネクタイを外し、側頭部に生えるわずかな毛もささくれ立った畳のように乱れていて、細かな髭が頬と顎を覆い、白いシャツも皺や埃だらけで、みすぼらしさが増していた。

「『俺たちを破壊するのは、間違いなく俺たちだ』っていうメッセージもありましたよね。あれはあるロック歌手が作った歌詞を引用したものなんですよ」平原はまだテロリストたちのメッセージを批判している。「基地のそばまで近づいて、拡声器を使って歌った人物がいたじゃないですか。その翌日にそのメッセージですからね。あてつけですよ」

「うちの弟が好きなロック歌手だ」

「僕たちや大統領をからかって楽しんでいるんですよ。わざと怒らせたいのかもしれない。怒って声を荒げた姿を見て、また笑う、っていう趣味の悪い暇潰し。基地の中でじっとしているだけだから、煮詰まってしまうんですよ。何が面白いのかがわからなくなる」

「何だかさ、わたしたちもそうだけど緊張感がないよね」

「きっと緊張感のないまま、ミサイルの発射ボタンを押すんですよ」

　話しながら歩いていると、昨夜カメラマンを追い詰めた場所までやって来た。その時に、ふと背中に視線を感じてわたしは振り返ったのだけれど、何者の姿もなく、野良猫の姿さえなく、そこには闇が浮かんでいるだけだった。

「どうした？」と沢木に言われ、「何でもない」と歩き出す。気のせいかな。

　住宅街に入ったところで、携帯電話が鳴った。昨年、メジャーデビューしたばかりの女性アーティストの歌が流れる。風の音が一番大きな音、という閑静な住宅街だったので、その透き通った歌声は迷惑な騒音に変わり、歌っている彼女に悪い気もした。

「ごめん、わたしだ」と告げ、カバンの中に手を突っ込む。

見ると、公衆電話という表示があった。間違い電話だろうか、とも思ったが、胸の中がざわざわと騒ぎ、慌てて電話を耳に当てた。

「もしもし」と恐る恐る声を発すると、「あ、アカネ」という母さんの声が聞こえてきた。何だ、母さんか、と安堵の息を吐いたのだが、どうして公衆電話なの、とすぐに別の不安が襲ってくる。「今、桜中央病院なんだけど」と聞き、さらにそれが膨れ上がった。

「どうしたの？」と送話口に声をぶつけた。

「寛之が怪我をして」

「えっ、どうして。大丈夫なの？」

「大丈夫。命に別状はないから」母さんの声は怯えとある種の興奮で震えていた。

「詳しい説明はあと。今から病院まで来られる？」

「もちろん」

わたしは急いで電話を切ると事情を説明して、宮瀬さんに謝った。

「ううん、もう家だから。ほら、あれ」彼女は十メートルほど前方にある二階建ての家を指差した。「それよりも大丈夫なの？」

「うん」と頷いたが、落ち着かない気持ちではあった。気が急《せ》いて、呼吸が細かくなっている。喉のあたりがきゅっと締まっている心地だった。

「病院って、どこ？」と沢木が訊ねてくる。

「えっ？」

「えっ、じゃなくて、どこの病院？　一緒に行くって」

「面倒だなー」平原がその言葉には相応しくない大きな笑顔を寄越してくる。「どこの病院ですか、先輩」

「桜中央病院、だけど」

「じゃあ、行くぞ」と沢木が命令するように言い、駆け出そうとしたところで、「今日はありがとう、沢木君」と宮瀬さんが頭を下げたので、彼は律儀に振り返り、「いえ」とお辞儀をした。

「それじゃあ、宮瀬さん」わたしはちょこんと頭を下げる。「また明日ね」

「うん、気をつけて」

わたしは数回手を振ったあとで、駅に向かって走る。

病院に到着するには、二十分ほどかかった。電車に乗り、最寄りの駅からはタクシーに乗り、それほど身体を動かすことなどなかったはずなのに、なぜだか息が切れていて、苦しかった。わたしは弟のことを喋りつづけており、彼の馬鹿さ加減や生意気なところばかりが強調された話ではあったが、なぜだか悲しくなった。

外来を終えた病院内は静かで、薄暗く、一階の受付に人の姿はなかった。広いロビーには無数の椅子があり、長い廊下の壁には多くの扉が並んでいて、どこに向かっていいのかわからなくて、「あー、もうどうしよう」と弱音を吐く。

「すみません」という声が聞こえて首を左に捻ると、沢木が看護師さんを呼び止めて話をしていた。頭を下げると、「三階だってさ、アカネちゃん」と指を天井に向ける。

「詳しいことは上のナースステーションで聞いてくれ、って」

エレベーターの上昇用ボタンを押すとすぐに扉が開き、乗り込んだ。

三階に到着すると煌々《こうこう》と明かりが漏れる一角があり、そこに薄桃色のナース服を着た看護師さんの姿がある。高いカウンターに飛びつくように駆け寄って、「あの」と言ったところで、廊下の奥に立つ人影が視界の端に入り、そちらに足を向けた。

「あら、アカネ。早かったわね」と母さんは暢気なことを言う。

「寛之はどうなの？」

「大丈夫よ、電話でもそう言ったでしょう。さっきまで治療と検査をしていてね、今は病室にいる。二、三日は入院したほうがいいらしいけど、でも、心配ない」

「そうなんだ」ほっとして、座り込みそうになる。「電話の声が焦ってたから、びっくりしちゃった」

「そんなことより」母さんの目が、後ろの二人を気にする。顔を近づけ、「どっちがあなたの恋人？」と小声で訊いてきた。

「どっちでもない」とわたしがはっきりと答えると、「なーんだ」と子供のように残念がった。「母さんは髪の長いほうが好み」とどうでもいい情報をくれた。

「そんなことより、寛之はどうして怪我なんてしたの？」

「それがわからないのよ。救急車で病院に運ばれてね、それから連絡があって駆けつけたんだけど、治療中だったし、母さんも少ししか会えていないから。今、そこのところを聞いているのよね」

「聞いている、って誰が？」

「警察」

「え、警察！」驚きを含んだ声が放出され、病院内に広がる。「事件なの？」

「運んでくれた救急隊員さんの話だと、桜木商店街の入り口あたりにぼろぼろになって寝転がっていたらしくてね」母さんはそこで悔しそうな表情をしたが、すぐに笑顔で隠す。わたしの前では無理をしているのだな、とわかった。「地下鉄の駅に向かう人に発見されて、それでその人が通報してくれたらしいのよ。怪我の様子を見ると事故じゃなくて、誰かに暴力を加えられたんだろう、って」

「誰が」わたしは声を高ぶらせる。「誰がそんなことを」

「それをね、今、警察の人が聞いてる」

わたしたちの会話が一段落するのを待っていたかのようなタイミングで、重たそうな音を響かせながら病室の扉が開いた。「それじゃあ、また」という声を病室内に向けて、こちらに出てくる影がある。

「あ、どうも、お母さん」とその人物は頭を下げ、母さんもその人物に向かって頭を下げた。

暗い色のスーツを着た、背の高い男性だった。肩幅は広いが華奢で、厚みがないというのか、大きな衝撃には耐えられそうもなく、格闘には不向きな人種に見えた。短髪の頭は綺麗に刈り揃えられている。

「こちらが警察の人」と母さんが男を紹介する。「娘とその友達です」とこちらも紹介された。

「どうも、堀江桜署の田淵《たぶち》です」

男が軽く会釈をしたので、こちらも頭を倒す。ドラマのように警察手帳を出すよう

なことはしなかった。二十代後半くらいに見えるが、口調や佇まいから、新人という
わけではないようだ。
「どうでした？　うちの息子は」
「それが」田淵刑事は言いにくそうに表情を歪める。「何も話してくれなくて」
「話さない、あの子が」と母さんが驚き、「話さない、あいつが」とわたしも同時に
声を発していた。いつも頼んでもいないのにべらべらと喋る弟が話さないとは、それ
は何かの間違いではないのか、と訊き直したい気分になった。「少しは静かにして
よ」と訴えた時、「ロックンローラーが声を出すことをやめたら、誰が世の中の不条
理に牙を剝くんだ」と文字通り歯を剝いてきたくらいなのだ。
「あっ、お疲れさまです、長塚《ながつか》さん」と田淵刑事が声を遠くに飛ばすようにし、同じ
くして後方から足音が近づいてくるのに気づき、わたしたちは振り返った。
小太りな男がこちらに向かってくる。四十代半ばくらいの年齢に見え、前に突き出
たお腹は自分の身体に無頓着な中年らしく、ベルトで締めつけていた。首元が縒れた
ジャケットは不潔さや頼りなさよりも、ベテランの味を醸し出しているようにも思わ
れる。緩やかなうねりを持った髪質で、眉が薄い。
上司を紹介するような雰囲気で、「こちらは警視庁組織犯罪対策部の長塚警部で

す」と田淵刑事が言った。

「どうも」と笑顔で頷いた長塚刑事はすぐに表情を固め、「どうだ?」と田淵刑事に状況を確認する。「それがですね」と彼は苦しそうに声を出し、額を掻いた。まだ何も、と首を振る。

「あの子は危ないことに巻き込まれているのでしょうか」と母さんが心配そうに訊く。

「心当たりでもあるのですか?」と逆に田淵刑事に質問された。その声には厳しいものがあり、嫌だな、と感じる。

「ないですよ」と言い切った母さんはとても立派だった。「まったくありません」

「今日は無理をさせてもいけない。話を聞くのはまた明日にしよう」長塚刑事が指示を出す。「お母さんにも話を聞きますが、それでよろしいですか?」と視線を移動した。

「そうですね。そうしてもらえれば助かります」

「それじゃあ、もし何か話してくれましたら」田淵刑事がスーツの内ポケットから名刺入れを取り出す。「こちらまでお電話を」と母さんとわたしに名刺を手渡した。

それから二人は身体を半回転させ、遠ざかって行く。やはり警察は忙しいのだな、とその後ろ姿を見送りながら、思う。事件を追っているというよりも、事件に追われているといった様子だった。

母さんは二人をエレベーターまで見送ったあとで、病室に入った。

「刑事課の薬物・銃器対策係ですか」平原が手元を覗き込んでくる。「少年課じゃないんですね」

名刺を見ると、そのような文字が読めた。「これって」と視線を移動すると、「薬物と銃器を専門に捜査する部署でしょうね」と平原が答えた。

銃器、と聞いて思い出すのは屋上にあるあの拳銃のことで、わたしは沢木のほうに顔を向ける。「まさか」と言った。

「どうしてそこで『まさか』っていう言葉が出てくる」沢木が口を尖らせる。「どういう意味の『まさか』だよ。あれとは関係ないだろ」

それはそうか、と思う。

そこで母さんが病室から出てきた。「本当に何も喋らないわよ」と困ったような表情で言い、「ちょっと父さんに電話をしてくるから」と廊下の先を指差した。

「わたしもいいかな、寛之に会って」

「弟に会うのに、母さんの許可は必要ないわよ」

「だよね」いつも明るい母親の表情がかげり、いつも饒舌《じょうぜつ》な弟の口が閉じられた。何だかわたしも調子が狂ってしまう。「許可は要らないよね」

「俺たちもいいですか、おばさん」沢木が手を上げる。「俺たちは許可が必要ですよね」

「許可する」と母さんは表情を和らげて、快諾した。

病室内に入ると、六つのベッドがあった。広い部屋なのだろうが、詰め込まれたように並ぶそれらを見ると狭苦しい気分になる。すべてのベッドが埋まっていて、左手の真ん中で横になる若者がこちらを見てきたが、すぐに視線を逸らした。奥の二つのベッドにはカーテンが引かれていて、光も漏れていない。弟は右手の入り口側にいた。

頭に包帯を巻かれ、右目に眼帯をし、頬や口の周りを青黒く腫らして横たわっている。弟の欠片《かけら》を探すのが難しく、重く、熱い印象だ。首のところに擦り傷があって、消毒液が塗られているのか黄色くなっていた。想像していたものよりもひどく、息を呑む。

「寛之、大丈夫?」わたしは覗き込むようにして声をかけたのだが、弟はそっぽを向くようにして、反応しない。息が詰まるような沈黙が漂い、その間を埋めようと「二人は友達」と沢木と平原を紹介する。「もう一人、国重っていう奴がいるんだよね」

とそんなことまで言った。

「こいつが将来ロックンロールスターになるのか」という沢木の言葉にも反応はなかった。

「こいつが弟か」と平原が意味深なことを言う。「生きていれば、このくらいには成長しているわけか」とつづけたので、ぎょっとした。

その言葉に無視しきれない何かを感じ取ったようで、寛之が反応した。反応といっても黒目を少しだけ動かしたくらいのことだったが、前進には違いない。

「どうしちゃったの、これ。ひどいじゃない」

再び反応がなくなる。この件については何も語らない、と決心している様子で、その決意を軟化させるのは難しそうだった。あらゆる手を尽くしても、成功するかどうか自信がない。

「世の中の不条理に牙を剝くことはやめたの？」腹立たしくなり、声が荒くなった。

「ロックが泣くね、大号泣だね」

「そのくらいのことで倒れるなら、最初から立ち上がるな。赤ん坊のまま眠っていろ」

平原が誰かの言葉を引用するように、唱える。

寛之が頭を動かし、平原を見上げた。見知らぬ土地で同胞や仲間に出会ったかのような光が、その表情からは窺える。

「力のない者は歌え。それしかない」

「それって、何？」

わたしは、平原にこそっと耳打ちをする。

「エドワード・ステイサムですよ。基地の前で拡声器を使って歌った」

あんたの好きなロック歌手じゃない、と寛之に目で伝える。

「あいつか」沢木が頷いた。「俺たちの敵は沈黙だ、って歌ってる奴だろ。叫べ、叫べ、って連呼するように歌う。叫べば誰かが聞いてくれる、だっけ」

「そうだよ。姉ちゃんに言ってみな。叫べ、寛之」

寛之の唇が微かに動き、わたしはその光景を見て、成長や進化を目の当たりにしたような気持ちになったのだけれど、弟の口から発せられた声はかすれるほど弱々しく、そしてその言葉は暗澹《あんたん》たる気分にさせられるものだった。

弟はこう言ったのだ。

「ロックは死んだ」

# 6

屋上のベンチに腰掛けて煙草を吹かす国重は苛立っていて、人を寄せつけない雰囲気を漂わせていたが、そういうことに鈍感な、もしくは気にしない平原はぴったりとくっ付くように隣に立って笑顔を浮かべていた。沢木は近くにいなかったが、それは距離を置いているわけではなく、いつものようにグラウンドを眺めているだけだ。

「見つかったら、停学だよ」と声をかけて隣に座った。

「逆を言えば、見つからなければ停学にはならねえってことだ」

「可愛くない」

「俺が可愛かったのは、三歳までだっつうの」

「で、その顔はまた三年生にやられたの？」

彼の顔はひどかった。左目の下が腫れ、頰が吊り上がっているように見える。額には大きなガーゼが貼りついていて、顎のあたりに擦り傷が走っていた。不満を訴えるように尖った口元には屈辱が滲んでいるようでもある。

「政治家のせいだ」

「政治家にやられたの？　過激だね」

「違うっつうの。あいつらはよ、教育に金をかけずにだな、国民を愚者にしようとしてんだ。知識と教養を奪い取って、選択肢を狭めて、なくして、考えられないようにしてんだって。丸め込める国民を作ろうとしてんだよ。企業や団体と癒着しても、税金や医療費を上げても、どんな悪法を制定しても、まあ仕方ないか、って諦めちまう国民を作ろうとしてんだ」

「要するに何が言いたいわけ？」

「愚かしい国民は、善良な市民を襲っちまうんだよ。意味もなく」

「嘘！　突然襲われたの？　知らない人に？」

「家に帰る途中、後ろから襲われた。襲われた拍子に眼鏡を落として、どんな奴なのかわからなかったけどよ、一人だった。相当、できる奴だよ」国重は煙草を思いきり吸い、煙を吐いた。「抵抗したけど、このざまだって」

昨日はそういう日なの、と弟と国重の身に起きた不幸に法則性を探したくなるが、二人に共通点などないように思えた。

「そういえば、お前の弟もやられたんだってな」

「そう」と頷いて、平原を見た。「すみません、話しちゃいました」と頭を下げたので、「構わないよ」と答えた。

「たまらねえよな、馬鹿が増殖してよ」

「ねえ、ロックは死んだ？」と訊ねてみる。

「何だよ、それ。音楽は死なねえだろ。生まれるだけだ」

「そうだよね」

では、どうして寛之はあんなことを言ったのだろう。

「それで、ですね」という平原の声が聞こえ、顔を上げた。上げた、ということは俯いていたということで、落ち込んでどうする、と内心で気合いを入れる。「それで、何？」と訊ねた。

「国重先輩、諦めるっていうんですよ。負けを受け入れるそうなんです。先輩が強いのは諦めないから、なのにですよ」

「それって、犯人を放っておくってこと？」その決断は意外だった。「弱気じゃない」

国重は無言でスウェットの左袖を捲《まく》り上げた。そこにはきつく巻かれた包帯があって、「刺されたんだよ、馬鹿な国民に」と声に焦慮の色を滲ませる。「馬鹿は放っておいたほうが賢明だ」

「刺しましたか」と平原が眉を下げ、溜め息を落とす。

「本当に刺されたの！」とわたしは声の調子が外れるほどに驚き、「大丈夫なの？」と顔を近づけた。「痛くないの？」

「痛いに決まってるだろ」

「だよね。痛いよね」

「ナイフを出す人間は多いし、本当に刺す人間もいる。けどよ、殺すつもりで刺しにくる人間は少ねえんだよ。昨日のあいつは、確実に俺の急所を狙っていた。腕で防御しなきゃ死んでたって。運良く、人が通りかかって助かったんだ。だから、ああいう馬鹿には関わらないほうがいい」

「死ぬって、何それ」急に落ち込むような気分になった。「何だかさ、嫌だね。少し前まで、こういう世の中だった？　急激に悪い方向に行ってない？　あれもこれもミサイルの影響だと思えてくる」

「美容院に行くのが億劫で髪の毛が伸び放題なのも、きっとミサイルのせいですよ」と平原が皮肉げに言った。

「ていうわけでよ、俺はあいつのことは綺麗さっぱりと忘れる。顔や腕の傷にも目をつぶる」

だけど、わたしは目をつぶって忘れることなんてできない。そんなことは、辻尾家の長女として許されない。「あのさ」と口を開いた。「屋上部としてやりたいことがあれば言ってもいいんだよね」

「ない、って言ってなかったか？」

「弟のことなんだけど」相手にとっては何の利益にもならないことに協力してもらうというのは、本当に申し訳ない気持ちになる。「弟の寛之を傷つけた犯人を見つけ出して、謝罪させたいんだよね。それがわたしのやりたいこと。どうかな、駄目かな。屋上の危機に繋がることはないんだけど」

「当たり前だ」と国重が言った。

「何が、当たり前？」

「やる、ってことですよね、先輩」

「当たり前だ」国重がむっとした顔で腕を組む。「屋上の危機だろうが。お前がうじうじ暗いとよ、屋上が湿っぽくなる。屋根のない屋上に湿っぽさは厳禁だっつうの。最大の危機だ」

「たぶん誉められていますよ、辻尾先輩」

「誉めてねえよ」と国重が間髪入れずに怒鳴った。

「それにしてもよ、やることが多くねえか」放課後になり、再び集まったわたしたちは、国重の愚痴のような、それでも顔には笑顔があったので、それは楽しみなのだろう、とわかる発言を聞いている。「殺し屋探しだろ、拳銃の持ち主探しだろ、それから辻尾の弟を傷つけた犯人探し。罰神とストーカーは解決だよな。次々と問題が持ち上がって、最初の二つに進展がねえ。死と武器」

「だから今、向かってるんじゃない」わたしは揺れる電車の中で、そう言っている。車内は混んでいて、全員が横に並んで立っていた。隣にいる若いサラリーマンが気に食わないようで、国重は時々、睨みつけるようにしている。「進展させるために行くんでしょう、みどり屋本舗。わたしたちもちゃんと付き合ってるし」

殺し屋探しなんて気乗りがしなかったが、自分の要求だけを聞いてもらい、面倒なことには参加しない、というわがままで高飛車な女だけにはなりたくないので、ついて来たわけだ。

「沢木先輩はうまくやっているでしょうか」と右隣の平原がさほど気にしているようでもなかったが、言った。

沢木の姿はここにはない。いつの間にそういう会話が交わされたのか、彼は、宮瀬さんを無事に家まで送り届ける、という大役に燃えていた。だからごめん、とあっさりと断った。宮瀬さんのほうから、今日もお願いできるかな、と言われたらしく、彼は二つ返事で頷いたらしい。

「一緒について来てくれ、って頼まれましたけど、断りましたよ。邪魔者になるのは嫌ですから」

「正しいよ、君は」

「今頃、淳之介はがちがちだって。会話なんて弾んでねえぞ。あいつは意識している異性の前に出ると、緊張で強張っちまう。慣れるまでが大変なんだ。昔からそうなんだよな。自然体でやりゃいいんだよ、自然体で」

「それは自分に自信のある人間の言葉だね」わたしは言う。「普通は無理だよ」

「その言い方だと、淳之介が自信を持ってないみたいじゃねえか。あいつは自信を持っていい男だぞ」

　国重は力強く訴えかけるように言い、それは二人の関係性が垣間見られる発言で、心地好かった。

「本人にそう言ってあげれば？」

「言えるかよ」と国重が顔を逸らして、照れる。

「辻尾先輩の前では普通ですよね、沢木先輩」平原がこちらを見る。「絵に描いたような自然体です」

「悪かったわね。魅力がなくて」

「そういう意味じゃないですよ。先輩は魅力的です」

すぐに何かを言うことができず、喉を絞ったところ、「動揺するじゃない」という素直な感想が出てきた。

「動揺しますか」と平原が笑う。

「動揺するのかよ」と国重も笑った。

駅からは徒歩で進む。想像していたよりも遠く、みどり屋本舗に着く頃には日が暮れかけていて、店から漏れる光が通りを薄く照らすようになっていた。

視線を上げると、元禄八年創業という文字が看板に彫られていた。それがどのくらいの年月なのかは勉強不足でわからないが、重厚な佇まいには老獪《ろうかい》さを兼ね備えた迫力があった。細い通り沿いにある店舗には駐車場などはなく、裏に背の高い土蔵が見える。

店内に入ると、威勢のよい声が聞こえた。暖簾《のれん》の奥から出てきた白衣姿の男は、ガラスケースの向こうで接客の態勢を整える。

一番目立つためか、男は国重に視線をやったのだけれど、とたんに嫌な顔をした。取り繕うようにすぐに笑顔を浮かべたが、その表情はどこか嘘臭く、そういうお面を被っているようでもある。

そういう反応をされるのは不快だろうな、と国重の横顔を見た。見た目で判断するな、という幼稚な主張をするつもりはなく、特に今の彼は物騒な顔であるから仕方ないかもしれないが、いい気分ではないはずだ。「水谷昭治《みずたにあきはる》っていう人はいるか」と国重が愛想のない声を出した。

「それは売り物ではないな」

男が声の調子を落とす。耳が大きく、前方からの音をすべて受け止めようとするかのように、こちらに向いていた。三十代に突入したばかり、という年齢に見える。

「知ってるよ」

「そうか。知っているのか」

左手の奥を見ると、テーブルと椅子が並ぶ一角があり、そこで女性店員が包装の作業をしていた。

「で、いるのかよ。水谷昭治っていう人間は」

めるは怒ったような表情をして、「わかってるよ」と声を大きくした。

「先輩、この人ですよ。水谷昭治さん」と平原が丁寧な説明をするものだから、国重は怒ったような表情をして、「わかってるよ」と声を大きくした。

「記者をしていたんですよね、水谷さん」と国重の声に怯むことなく、平原が話を進める。

水谷は両眉を跳ね上げ、「よく知っているな」と細かく唇を動かす。内緒話をするような声質だったので、店の中で彼の過去を話すのはタブーなのかもしれない、と感じた。「どこで聞いた?」

「石川重富っていうカメラマンを知ってるだろ」と国重。

「ああ、あの人か」水谷はすぐに思い当たったようだった。その声と表情には頭に浮かんだ人物を見下ろすような雰囲気がある。「それで?」

「金永徹、っていう奴のことを教えて欲しいんだ」

「金永? 私の知っている人間か?」

「こいつ」と言いながら、国重が似顔絵の紙を差し出す。

「ああ」水谷が似顔絵を手に取って、顔に近づける。「詐欺師のあいつか」とつぶやき、視線をこちらに向けた。「どうしてこいつの似顔絵を? 探しているのか?」

「探してるわけじゃねえ」と国重は正直に言ったが、話を円滑に進めるために、「そんなところです」とわたしは答える。

「騙されたのか？」

「俺が騙されるかよ」と国重は不満げに言ったが、「そんなところです」とわたしは答える。

「金永徹という男のことをどこで知ったのか、覚えていますか？」と話を進めたのは、やはり平原だった。

腕を組み、水谷が唸る。「どこだったかな。あの頃は浅く広く情報網を広げていたからな。公園で寝泊りしているホームレスのじいさんだったか、小さな出版社の編集者だったか、それとも電車の中で噂話に興じる女子高生だったか」

「要するにわからねえってことか？」

「要するに、そうだ」

役に立たねえな、と国重が言い出す前に、「仕方ないですね」と言っておく。

「じゃあよ、そいつのことを恨んでいる人間に心当たりはねえか？」

「ある」と水谷はあっさりと頷いた。

「誰だよ」

「私だよ。あの仕事がうまくいけば、テレビや雑誌に売り込んで、記者として評価が上がったかもしれない」

「殺したいほど恨んでるか?」

「物騒だな」

「どうやら世の中は、そちらの方向に進んでいるみたいですよ」と平原が世相を斬る。

「らしいな」水谷は言い、「ほら」と足元から何かを持ち上げた。木刀ですか、と言うと「護身用だ」と彼は笑った。

「まあ、あれだ」水谷が手を腰に持っていく。「殺したいほどではない。直接的な被害や損害があったわけではないし、な」

「被害や損害を受けた人間を知ってるか?」国重が質問する。「詐欺の被害や損害」

「まあ、そうだな。三年前は記者として調べていたわけだから、ある程度のことは。しかし、すべてを調べ上げるのは不可能だ」

「どんな奴だ?」

「教えて欲しいのか?」

「だから質問をしてんだろうが」

「本気で教えて欲しいのか?」

「何だよ、言葉遣いの問題か？」

「ワン、って言ってみろ」

「はあ？」

「犬のように、ワン、って言えば教えてやる」

さすがに腹が立った。ちょっと失礼なんじゃないですか、と声が出そうになるが、そんな言葉を追い抜いて出てきたものは、「え、どうして」というものだった。

国重がとても大きな声で、「ワン！」と言ったのだ。噛みつきそうな表情で、不服そうではあったが、水谷の要求に応えて、彼は確かに吠えた。疑問符と感嘆符と驚きで、わたしの頭がいっぱいになる。その問いとはプライドを隅に追いやってでも知りたい事柄なのだろうか。

「少し待っていろ」水谷が柔らかな笑顔を浮かべる。「昔、調べた資料を持ってきてやる。残しておいたはずだ」

なぜか無言だった。極力、動くこともしない。それほど国重の「ワン」は衝撃的だった。お茶や餡《あん》この甘い香りが際立つ。

水谷はすぐに戻ってくる。「これだ」と大学ノートを一冊、ガラスケースの上に置いた。整理をする時に使うのか、表紙に「No.405」と書かれている。

「もらっていいのかよ」

「すっかり和菓子屋の跡取りだからな」水谷が目尻に皺を作る。「もう必要ない。思い出を取っておくタイプでもないし、な」

「そうか」国重がノートを手に取った。「じゃあ、遠慮なく」

「遠慮なんてしないだろ、君は」

国重は肯定してから、「それじゃあ、俺らはこれで」と背中を向けた。

「ちょっと待て」水谷が止め、腰を屈めてガラスケースのドアを開けた。「和菓子屋に来て、団子を食わない、っていうのはどういう了見だ」手早く皿の上に草団子やみたらし団子を並べていく。「奢《おご》りだ。食べて帰れ」

「どうしてだよ」

国重が気味悪そうな顔をする。

「犬の真似なんてさせて悪かったな。嫌いじゃないよ、君みたいな若者は」

けっ、と国重が口の端で不満を弾けさせる。しかし、「俺も嫌いじゃねえよ」と言った時には笑顔を浮かべていた。「団子をくれる大人は」

その帰り道、音楽スタジオに寄ることを提案したのは、わたしだった。昨夜弟は

『SONIC　BOOM』というスタジオを利用していたらしく、話を聞きたい、と申し出たのだ。二人は嫌な顔をせずに頷いてくれ、感謝の言葉を向けた。

　堀江桜町に戻ったわたしたちは、繁華街のネオンを避けるように裏路地に入った。視線の先に見える明るい光はコンビニのものだが、そこまでは行かない。

　音楽スタジオの入り口にはプランターや小さな植木鉢が多く置かれていて、当初の目的は癒しのためだったのかもしれないが、手入れが行き届いておらず、雑然とした様子だった。どちらかといえば、顔をしかめたくなる。

　扉を開けて中に入ると、すぐに小さなカウンターがあった。その奥から客を出迎える言葉が聞こえ、若い女性が顔を出した。

　ショートカットのせいなのか、顔がとても小さく見え、それなのに目の占める面積が大きく、可愛らしい印象だった。服装やアクセサリーから判断して、パンク系の音楽が好みなのだろうとわかる。「予約はされていますか？」と手元の用紙を捲りながら、訊ねてくる。見た目とは違い、客商売を心得た話し方で、好感が持てた。

「話を聞くのに予約が必要なのかよ」国重がからかうように、言う。「人気者だな」

「話、ですか」

　彼女が怪しむ。

ごめんなさい、と慌てて謝った。「彼のことは無視してください」と国重の身体を押し退け、自己紹介をする。そのあとで、「話っていうのは、弟のことなんですけど」と伝え、「辻尾寛之。知りませんか？」

「知ってますよ。ロック少年でしょう。お姉さんなんですか」彼女の声と表情が緩む。「いつも利用してもらってますから、うちのスタジオ」

そうですか、と頷き、ちらっと奥を覗くと狭い廊下に沿うように扉が並んでいて、カラオケボックスみたいだな、と思った。カウンターの角を右に行くと、ベンチと自動販売機があり、そこに髪の長い男がいて、難しげな表情で缶コーヒーを飲んでいる。

「で、昨日は来たのかよ」国重がこちらを指差す。「こいつの弟」

「来ましたよ、ギターを担いで」

彼女はそこで表情を暗くした。

「何かあったんですか？」とわたしはカウンターに近づく。

「昨日、喧嘩をして、寛之君」

「喧嘩、ですか」顔を腫らせた弟の顔が浮かぶ。「誰と？」

「同じバンドのメンバーですよ。ベースの高嶋龍二《たかしまりゅうじ》君。殴り合うくらいの激しいもので、部屋から飛び出して、そのあたりでも」と入り口のあたりを指差す。「怒鳴って、掴み合っていました」

　高嶋龍二という名前は弟の口から何度か聞いたことがあり、同じ中学ではなかったか、と頭の隅にある記憶を引っ張り出した。「原因は何ですか？」

「そこまではわかりません。ほかのバンドでも時々、あるにはあるんですよ、激しい喧嘩。でも、二人は仲が良かったように思えたのに、どうしてだろう」

「音楽性の違い、というのがミュージシャンぽいですけどね」と平原。

「それで、弟は？」

「喧嘩の途中で龍二君が店を飛び出して、寛之君は残されました」

「ひどい怪我でしたか？」

「怪我」と彼女はつぶやき、思い出すような顔をする。「怪我と呼べるほどの外傷はなかったように思いますよ」

「そうですか」

　だったらあの怪我は？

「そのあと寛之君はボーカルの彼とも変な感じになっちゃって、別々に出て行きましたよ。夕方の六時くらいだったかな」

「一人で出たのか？」国重が訊く。「誰かと一緒だった、とか」

「一緒だった」と彼女が答えたので、わたしは「え」と驚きの声を洩らした。

「誰だ？」

「『Gold Park』っていうバンドのボーカルで、都築照也《つづきてるや》君」

「今、人気爆発中の、ですか？」

わたしは何日か前に会った、坊主頭の男を思い出す。

「知ってるんだ、お姉さん。でも、わたしの好みじゃないんだよね。ギターはいいんだけど、ボーカルの迫力がいまいちで」

「そのいまいち野郎と一緒に出て行ったのか？　こいつの弟」

「でも、それは不思議なことじゃないよ。二人とも知り合いだったし、はじめてのことじゃないし」

「都築照也君がどこにいるかわかりますか？」

「ちょうど」彼女はそう言って、手元の用紙に視線をやる。「予約が入ってるから、そろそろ来ると思うんだけど」

「待たせてもらってもいいですか？」

「もちろん」彼女がにっこりと笑う。「あ、そうだ。わたし、寛之君が作る曲、好きだよ。『世界にある魅力的なものを一つでも多く手に入れたい』っていう歌詞を聴いた時、いいな、って思った」

「そうなんですか。ありがとうございます」

弟が作った曲を、好き、と言ってくれる人物がいるとは思ってもおらず、わたしは「ありがたい」という気持ちになり、素直に頭を下げた。

四人の男たちがスタジオに入ってきたのは、それから十分後のことだった。首を伸ばして覗き見ると、知っている顔がその中にある。黒い革のギターケースを肩に引っ掛け、ブラックジーンズに髑髏《どくろ》が印刷されたロングTシャツというカジュアルな格好だった。

「照也君、お客さん」とカウンターの彼女が言ってくれる。

「ファンじゃなくて？」という都築の声と、その発言に対する評価である、薄い笑い声が聞こえてきた。

わたしたちは邪魔にならないように奥のベンチに固まって座っていたので、急いで立ち上がると彼のところに向かった。「あの、こんばんは」と声をかけると「あれ、寛之の綺麗なお姉さんじゃないですか」と弾んだ声が返ってきた。神経質なほどに整えられた両眉が、上がる。それから、後ろにいる国重と平原の姿を気にしながら、「お客さんって、お姉さん？」と訊ねてきた。

「昨日、弟と一緒だったんですよね？」と早速、その質問をした。

「ああ、一緒だったよ。バンドのメンバーと喧嘩をしたらしくて落ち込んでたんだよな、あいつ。それで話を聞いてやろうと思って、近くの公園に行った」

それはお世話になりました、とお礼を言おうとしたところで、「こいつの弟を殴ったのはお前かよ」と国重が身体を入れてきた。半分以上は犯人と決めつけている態度だった。

「汚ねえ顔を近づけんじゃねえよ」と都築が身体を後ろに引く。「何だよ、その顔」と目の下の痣《あざ》を指差した。「お前、国重だろ。有名だよな、凶暴で」

「やめとけって、照也」ほかのバンドメンバーが止める。「練習だ、練習」と服を引っ張って連れて行こうとするので、「あ、あの」とわたしは、その彼を止めた。「それで弟は？」

「さあ、知らない。俺は話を聞いてやっただけだ」

「途絶えちゃいましたね、足取り」平原が場違いのような暢気な声を出す。「さあ、知らない、という言葉は、もう話を終えたい、という意味と同じですからね」

そこで都築が「あれ」と声を発し、平原に顔を近づけた。「どこかで会ってないか？」

「さあ、知らない」と平原は首を曲げ、「もう話を終えたい、ってことですよ」と親切に説明した。

## 7

昼休みの独特な高揚感に押されるようにして階段を上り、いつものようにベンチに座ったわたしは、そこに違和感を覚え、「どうしたの、沢木」と隣の国重に小声で訊ねた。

彼はいつものようにフェンスに寄りかかっていたのだけれど、そこには観察者としての熱心さがなく、頭を垂れるような格好で、じっと考え事をしている様子だったのだ。

「さあな」と国重が首を傾げる。

「さあな、って、何も聞いてないの？」

「考え事をしてるのに声をかけるのは悪いだろ」

「何、その遠慮の仕方」わたしは呆れる。「いつもは無神経なくせして」

「失礼だぞ、辻尾」国重は怒っているようでもなかった。「言いすぎだ、辻尾」

「昨日、何かあったんですよ」平原が断定する。「そういうことなら、訊きにくいじゃないですか。そっとしておきたくなるじゃないですか」

「ああ、宮瀬さんと」わたしは、沢木をちらりと窺う。「変なことをしようとして、また殴られた、とか」

「変なことをしようとしたなら、殴られるべきです」

「でも、それはないよね。がちがちだったろうから」

「がちがちのあいつは、何もできねえって」

「聞こえてるぞ」という声が聞こえ、視線をそちらに向けると沢木が近づいてきているところだった。「全員、内緒話が下手だ」

「それで、どうしたの？」わたしは質問する。「考え込んじゃって。笑顔が消えるほどの悩みなの」

「実は」沢木がまた思考するような表情を見せた。「まだ怖いんだってさ、彼女」

「怖い？」

「まだ誰かにつけられてるような気がするんだって。見られてるような視線を感じる、とも言ってた。誰かといる時は感じないらしいけど、一人になったとたん、人の気配を感じたり、監視されてるような心地の悪さを感じるらしい。気のせいかな、って笑ってたけど、どう思う？」

「神経が過敏になっている、ってことはあるかもね」わたしは唸るような声で意見を言う。「気味の悪いカメラマンに追われてたわけだから、それなりの恐怖と鳥肌の立つ思いは蓄積されてるわけだし、そう簡単に不安は取り除けない。三人で宮瀬さんを送って行ったでしょう。その時、わたしも人の視線を感じたくらいだから」

「もしくは」と言ったのは、平原だ。「本当につけられているか。カメラマンの執念」

それを聞いた国重がパンツのポケットから携帯電話を取り出した。一緒に取り出した小さな紙を眺めながら、ボタンを押す。それが名刺だと確認できたのは、彼が電話を耳に当ててからだった。

「約束は守ってるだろうな」国重が脅かすように声を発したので、相手が出たのだとわかった。「俺だよ、俺。お前をストーカーと間違えた男だ」と偉そうにつづける。

「本当だろうな」「嘘だったら、暴力に訴えるぞ」「昨日は？」「そうか、母ちゃんが」

「わかった。悪かったな」と声の調子を弱くしながら会話を交わし、電話を切った。

「あいつじゃねえな」国重が携帯電話をポケットに収める。「昨日から静岡の実家に帰ってるんだってよ」

「嘘っていう可能性は？」とわたし。

「母親が入院したみたいで、病院の名前や電話番号まで言った。呼び出してもらえば自分が出るはずだ、って」

「なるほど、完璧」

「簡単ですよ、先輩。難しく考えるから駄目なんです」平原の声は簡単さを表現しようということなのか、非常に軽かった。「毎日、宮瀬先輩と一緒に帰ればいいじゃないですか。それで安全は守れます」

「だね」わたしは賛成する。「それがいい」

「そうもいかない」沢木は残念そうだった。「俺もそう思ったんだけど、勇気を振り絞ってそう提案してみたんだけど、今日は友達と約束があるらしくて、早速、断られた」

「こっそりとつけてみれば」と勧めてみたが、すぐに思い直した。「駄目だね。勝手なことをして、もし気づかれでもしたら、っていうか、敏感になっている宮瀬さんのことだから、気づくよね。そんなことをすれば嫌われちゃう」

「それは困る」

「嫌われても彼女が無事ならいいじゃねえか」と国重が男らしい発言をしたので、

「おおー、すごい」と平原が拍手をする。わたしも唸りそうになるが、沢木の気持ちのほうが理解でき、「でもさ、嫌われたら守ることもできなくなるよ」と手を差し伸べるように言った。「近づけなくなる。近くにいないと守れないでしょう」

「面倒だな」と国重が拗《す》ねた子供のような顔をする。

「でもさ、今日は友達と一緒なんだから大丈夫じゃない。とりあえず、だけど」

「とりあえずは、そう。大丈夫」沢木の声は自分に言い聞かせるようだった。「彼女が言ったように、気のせいかもしれないし」

「だったら、今日はわたしに付き合ってよ。弟の友達に話を訊きたいんだよね」

「高嶋龍二のことですよね」平原が確認してくる。「糸口を探すなら、まずはそこですね。だったら、僕も行きます」

「糸口？」と事情を知らない沢木が首を傾げたので、ざっと昨夜の出来事を話して聞かせた。そのあとで、「国重は？」と顔を向けると「俺はバイトだ」と素っ気なく、断られる。

「それは間違いなく、睨んでるよな」と指摘され、自分が睨んでいることに気づいた。

「目に力を入れてるだけ。目のストレッチ。美容体操」と口を尖らせる。

そこで沢木が、「あっ、そうだ」と跳び上がるような動作とともに声を上げた。

わたしたちは何事かと彼に注目し、何か重要な言葉がその口から発せられるのではないか、と凝視する。「何だよ」と国重が訊ねた。

「観察を忘れてた」沢木が背中を向ける。「彼女はもう走ってる」

「ああ、そのことね」

わたしは呆れ顔で、そうつぶやいた。


放課後になると、沢木と平原の二人と校門の前で待ち合わせて、駅に向かった。近隣の高校や中学と下校時間が重なり、駅前からその混雑ぶりが窺えた。改札を抜けてホームに向かうと、電車を迎え入れるように立っていたのだが、そこで隣に立つ他校の女子高生の会話が耳に入った。

「格好いいよね」という、うっとりとした声が平原に向けられている。「モデルとかやってるのかな」「声をかけてみようか」という声もあった。「あの人、彼女かな」という声はわたしに向けられているようで、優越感に似た気持ちが湧き、気分が良くなる。

結局、彼女たちが声をかけてくることはなく、平原のことを眺め、想像の中で彼を王子様のようにするだけで、知り合いになるために行動を起こすことはなかった。目の前に銀色の車体が滑り込んで、わたしたちは吸い込まれるように電車に乗り込んだ。いつも利用している駅で降りると、平原に対しての評価と感想に忙しい彼女たちが、名残惜しそうな顔をこちらに向けてくる。唇を読めるわけではないけれど、「また会えるかな」と動いたように見えた。

「人気者だね、平原君」と顔を覗き込むようにすると、「人気者ですね、僕は」と嫌味なくらいに彼は素直に受け入れた。「でも、会話を交わすと離れていっちゃうんですよね。苦笑いを残して」

「わかる気がする」とわたしは笑いを洩らして、頷いた。

駅からは、歩いて高嶋家を目指す。中学の頃の友人に、弟と同じ年齢の妹を持つ者がいて、その人物に電話を入れ、彼の家の場所を教えてもらっていた。桜木商店街に近い住宅街に彼は住んでいるようで、わたしの家とは反対方向だったけれど、休憩を挟んだりするほど遠方ではない。

弟と一緒に写った彼の写真を二人に見せた。目の細い、後ろ髪だけを長く伸ばした奇抜な髪型の男の子だ。「キツネ顔だな」と沢木が感想を言う。

その道中、「国重先輩のバイトって、何なんですか」と平原が突然質問したので、わたしは驚きと焦りを同時に表情に浮かべた。「知っていますか？　沢木先輩」

「知りたいのか?」と沢木は意味ありげに訊き返す。

「だから質問をしました。興味ありますよ、国重先輩のバイト」

「だったら直接、訊けばいい」

「僕もそう思ったんですけど、質問するんじゃねえぞ、っていうオーラを醸し出しているんですよね、国重先輩。質問をしても、聞き出すまでに時間がかかりそうな予感がするし、努力しても結局は話してくれなさそうな感じもするし、だったら沢木先輩に訊いたほうが早いかな、と思って」

「あいつが喋らないなら、俺の口からも言えないだろ」

「ということは」とわたしは声を発する。「沢木は、国重のバイトのことを知っている、ってこと?」

「まあ」と曖昧な答えが返ってきた。その表情からは、迂闊《うかつ》だった、という感情が読み取れる。

「知ってるんだ、沢木」わたしは声を大きくする。ラブホテルの前で女性と話す国重の姿が浮かび、その時の裏切られたような嫌な気分が湧き上がり、「知っていて許してるの」と声を高くもする。「それでも友達なの!」と。

「ちょ、ちょっと待てよ」沢木が足を止め、わたしと向き合うようになった。「何なんだよ、急に」

「だって沢木は知ってるんだよね」無性に腹が立った。「国重がああいうバイトをしてる、ってこと。良くないでしょう、そういうの。それともあれでいいと思ってるの？　間違ってるでしょう。友達だったら止めるでしょう、普通」

「良くない、って何だよ」と沢木は当惑している。

「ということは」と平原が、先ほどのわたしの真似をするように割り込んできた。「辻尾先輩は、国重先輩のバイトのことを知っている、ってことですか？」

エラーをした気分になる。「あっ」と悔やむ表情をした。「まあ」と認める。

「何だ、知ってたのか」と沢木は胸のつかえが取れたような顔をして、肩の力を抜いた。

「偶然、見かけて」と告白する。

「止めたいなら、アカネちゃんが止めればいい」

その言葉には、止められるものなら止めてみろ、というメッセージが込められているようで、反抗をしたくなる。しかし、「やるわよ」と宣言することはできず、「止めるのは男の仕事でしょう」と自分でも首を捻りたくなるような発言を、大声で言った。

「すげー、勝手だよ、それ」沢木が表情を歪める。「俺は別に止めたくない」

「どうしてよ」さらに声が大きくなった。「出張ホストっていうのか何なのか知らないけどね、女を食い物にするような仕事はね、止めたほうがいいに決まってるじゃない。男ってそういうことを許せるの？　友達だからって放っておけるの？」

沢木が黙り、不可解な顔をする。「何の話？」と喉を詰まらせるようにつぶやいた。

「国重のバイトの話」わたしははっきりと言った。「ちゃんと見たんだから。ラブホテルの中から綺麗な女の人と出てくるのを。スーツなんて着てさ、楽しそうに話したあとに煙草なんて吸っちゃって」

「だからって、どうしてそれが女を食い物にしてることになるんだ？」

「なるじゃない。あの人と付き合ってる、ってわけじゃないでしょう。あの日はバイトだって言ってたんだから」

「だから、仕事だろ」

「何？」とわたしは噛みつくような所作で、沢木に近づく。

「あいつのバイト、ラブホテルの従業員」

「ええっ！」

恥ずかしさが頭上から降ってきて、それが身体に染み込むに従って熱に変わり、顔を赤面させた。言葉が見つからず、凝立するだけで、消えてなくなりたい気分になる。

「勘違いですか、先輩」と平原が笑う声が聞こえた。

「あーあ、言っちゃったよ」沢木が自分の額を叩く。「あいつ嫌がるんだよなー、家のことを言われるの」

「家のこと？」平原が眉根を寄せた。「バイトのことじゃないんですか？」

「あいつが好んで、ラブホテルで働いてると思ってるのか？　ラブホテルの従業員を軽視してるわけじゃないぞ。高校生として、バイトの選択肢はほかにもある、ってことだ」沢木は、もう隠しても仕方ない、と思ったのか、観念したように話す。「あいつがラブホテルで働いてるのは、親父が経営してるからだよ。今は一軒だけだけど、何年か前までは都内に三軒のホテルを所有していた。そのせいで小さな頃はいじめられてたんだ」

「ああ、なるほど」平原が手をぱちんと合わせる。「本当だったんですね、あの話」

「アカネちゃん、これでわかった？」沢木がこちらを見る。「あいつは良心に恥じるような仕事はやってないよ。スーツを着てたのは父親である社長の指示だし、女性と出てきたのだって、苦情を受けていたか、世間話をしていただけだって。だから俺は止めないし、アカネちゃんが心配することもない」

　わたしは数秒の沈黙のあとで、「やっちゃったね」と囁いた。

「やっちゃいましたよ、先輩」平原は嬉しそうだ。「見事な間違いです」

「これから少しの間、黙っちゃうけど、気にしないでね」わたしは俯いたまま、喋る。

「反省したあと、すぐに回復するから」

「わかりました」と平原が頷き、「反省を宣言する人間をはじめて見た」と沢木が笑った。


住宅街に入り、高嶋家が見えてくる頃には宣言通り回復していた。「バイトのことを秘密にしてさ、紛らわしいよね、国重」と言うくらいにはなっている。あれは誰が見ても勘違いするよ、と。「すごいですね、先輩の回復力は」と平原に称賛され、「コツはね、人のせいにすること」と秘訣を伝授した。

「でかい家だな」というのが、沢木が高嶋家を見て感じた第一印象で、「悪いことをして建てたんですよ」というのが平原の感想だった。わたしといえば、「いいなー」とただ羨んでいる。

大きな和風の門構えは周りに威圧感を与えるほど立派で、インターホンを押すために近づくのも躊躇《ため》われる。奥に母屋が見えるが、塀が高いせいで、その全貌まではわからない。隠しているようでもあった。このあたりの住宅は城塞のように大きなものが多く、高級住宅街と言ってよかった。駅を挟んだ反対側は別世界だな、と溜め息をつきたくなる。

沢木が腕を伸ばしてインターホンを押す。「大きな家のインターホンを押すのは、男の仕事よ」とわたしが言ったからだ。「友達を止めなきゃいけないし、男は大変だな」とぶつぶつと言って、彼は人差し指を立てた。門の上部に設置された防犯カメラが瞼を開き、こちらをじっと眺めているような気がして、それが気になる。

すぐに反応があった。「はい」という甲高い女性の声だ。しかし、その声に張りは感じられず、無理やりに若さを掻き集めたようなものだったので、母親だろうとわかる。

そのあとの対応を沢木に任せるわけにはいかず、わたしはインターホンに顔を近づける。「あの」と緊張した声を出し、まず弟の名前を告げ、その姉だということを伝え、弟が入院したことも伝えて、龍二君に話を聞きたい、と丁寧にお願いした。

「それはお気の毒さま」という声には感情がこもっていない。「でも、龍二はまだ帰ってきていなくて」とつづけた。口調は丁寧だったが、疎ましそうだな、と感じ取れる。

「何時くらいになりますか？」

「さあ、どうでしょう」

これは居留守ではないか、と思ったが、「ダウト」と言ってしまうには冗談が通用しそうもなく、「そうですか」と声を落とすしかなかった。「それではまた」という声を聞き終わると、インターホンのライトが消え、目の前から人が消えたような感覚があった。

「どう思う?」と二人に訊く。

「怪しまれたな」と沢木が苦笑し、「金持ちは、お金の話にしか興味がないんですよ」と平原が何度も頷くようにする。

「今日のところは撤退するしかないみたいだね」

「引き上げ時ですよ、先輩」と言った平原は空を見上げている。「ほら、雲が張り出してきています。僕たちにとっては不吉ですからね。瑞雲《ずいうん》の反対」

「ほんとだ」わたしも空を仰ぐ。「でも、どうして不吉なの?」

「国重先輩も言ってたじゃないですか。屋上部にとって一番の敵は、雨」

「濡れちゃうからだ。屋根がないから」

「じゃあ、帰るか」沢木が先導するように歩き出す。「勇気ある撤退だ」

そうだね、と頷き、わたしたちはそのあとを追った。

駅へと向かう途中、「昨日のメッセージ、観ましたか?」と平原が訊ねてくる。「赤いキノコのメッセージですよ」

「観てないな」と沢木が首を横に振り、わたしも同じ動作をした。

「『大統領の食費は我々の活動資金によって賄われています』ですよ。ふざけてますよね」

「それを世界に発信して、何を伝えようとしてんだ」沢木が頭を悩ます。「俺には理解できない」

「でも、ロックンロール弟君のメッセージには意味があると思うんですよ」

「寛之のメッセージって、もしかして、ロックは死んだ、のこと?」

「ああ、あの絶望的な言葉か」と沢木が思い出す。

「そうでもないですよ」

「ないの?」とわたしは小さな光を摑むような調子で声を発した。

「考えてみたんですけど」と平原が言ったので、「考えてくれたんだ」と嬉しくなった。「まあ、一応」と彼が照れくさそうに頷き、「あれは弟君なりのメッセージだったんじゃないか、って思うんですよね」と顎に手をやった。「ああ、でも、これは僕の想像ですから、間違っているかもしれません」

「構わないから言ってみて」

「『ロックは死んだ』と口にしたロックンローラーが、弟君のほかにもいるんです」

「何者?」

「セックス・ピストルズのリードボーカル、ジョニー・ロットン。本名はジョン・ライドン。彼がバンドを脱退する時にそう言ったんです。有名な話ですよ」

「うん、それで?」

「同じバンドのメンバーで、専門学校時代からの友人である、ベーシストのシド・ヴィシャスという人物がいたんですけど、彼は極度のヘロイン中毒だったんですよね。まともにパフォーマンスができないくらいにのめり込んで、もう滅茶苦茶だったんです」平原が短く息を吐く。「きっとジョンはクスリと手を切るように説得していたと思うんですよ。友人ですからね、そのくらいのことは言うでしょう。でも、シドはクスリと縁を切ることができなかった。そういう事情があり、ほかにも拝金主義のマネージャーやレコード会社の存在、マスコミからの激しい圧力などが重なって嫌気が差したんでしょうね、ジョンはアメリカツアーの最中に脱退をするんです。そして、ロックは死んだ、ですよ」

「確かあいつもベーシストだったよな」と沢木が振り返って、言った。高嶋家は遥か後方で、住宅街からも離れていた。「高嶋龍二」

「寛之の親友でもあるんだよね。小学校の頃からの」

「喧嘩の理由なんて腐るほどありますけど、摑み合って殴り合うくらいの激しいものとなると、理由も軽いものじゃないと思うんですよね。高嶋龍二は非合法のクスリを日常的に使用していて、それを弟君は止めようとしていた。そういうことなら、かあっと熱くなるんじゃないですか」

「まさか」わたしは引き攣った笑顔を浮かべる。弟のすぐそばにそんな危険な薬物があるとは思えなかったし、思いたくもなかった。「じゃあ、どうして寛之は話してくれないの」

「親友を守りたいんだよ」沢木が言う。「親友がドラッグに夢中なんて、そりゃ言えないって」

「ああいうメッセージを発したのは、それでも助けたいからじゃないですか。友人を売ることはできないけど、友人のことは助けたい。悩んだ挙句の、叫びみたいなものだったんじゃないですか。ほら、先輩が、叫べ、って言ったから」

「でも、本当にロックに失望したのかもしれない。ロックミュージックに裏切られる、っていうのがどういうことなのかはわからないけど、そういう出来事があったのかもしれないじゃない」

「かもしれません」平原は頷くが、納得しているようではなかった。「でも、将来のロックンロールスターが誰かに殴られたくらいで、ロックを殺しますか？」

「そうだよ」とわたしは声を高くしたが、平原の言葉に同意したわけではない。「あの怪我は？　あの怪我はどういうこと？」

「深入りしたのかもな」と言った沢木の声は暗く、寒々としていて、嫌な感じだった。

「親友のために危うい場所まで踏み込んだのかもしれない。クスリを絶たせるには元から、って。そう考えたのかもしれない」

深入りは駄目だけどね、と言った罰神様、清水の顔が唐突に浮かんだ。

「ありえますね。友人のために一人で立ち向かうなんて、ロックですよ」

「ちょっと待ってよ」わたしは焦った声を出す。「全部、想像だよね。ドラッグなんて、まさか」

「でも、病院にいたあの刑事。確か、刑事課の薬物・銃器対策係でしたよね」

「あっ」わたしは思い出す。財布の中から名刺を取り出した。「田淵勇作《ゆうさく》」と彼の容姿を思い出しながらつぶやき、「薬物」という字を視界の中央に固定した。

「繋がっちゃうんですよね」と平原。「あの刑事たちは、高嶋龍二のことをマークしていて、その関係で、弟君の暴行にも何かある、と睨んでいるのかもしれない」

「面倒なことになってきたな」と沢木。

「繋がっちゃったね」とわたしは歩調を緩め、溜め息をついた。

## 8

「俺が引っ張り出してやるよ」と国重は息巻いて、顔を近づけてくる。すでに夜が明けており、昨夜の出来事を話して聞かせたあとの反応だった。彼がラブホテルで働いていることに関しては触れておらず、平原も沢木に口止めされていたので、それについては何も言わず、だけど勝手に勘違いをして憤っていたことについて何かアクションをしなければならない、と思ったわたしは、彼と顔を合わせると同時に「ごめんなさい」と謝罪をした。

国重の反応といえば、「それは睨んでるのか」というもので、「何を謝ってるのかは知らねえけど、謝罪するなら頭を下げろ」と言われる。

「このくらいがちょうどいい」とわたしはやり直すことをしない。

今日は雨のため、屋上に出ることはできない。霧雨ほどの細いものだったが、ぼうっとベンチに座っていればずっくりと濡れるほどの力はあり、わたしたちは屋上に出るドアの前、机や椅子が重ねられた場所に、それぞれ椅子を引っ張り出し、固まって座っていた。

「間違いねえな、そりゃ」国重が確信したように頷く。「その高嶋龍二って奴は、違法ドラッグに関係している。薬物・銃器対策係の刑事がお前の弟に事情を聞きに現れたってことは、ただの客ってわけじゃねえかもしれねえぞ。組織側の人間なのかもしれねえ。まあ、そのあたりのことも直接話を聞いて口を割らせれば、はっきりとする。そうすりゃ、お前の弟を殴った人間だってわかる。吐かせてやるよ。そういうのは得意だ」

「乱暴な香りがするんだけど」

「辻尾の鼻は利くな」国重が顔の中心を指差してくるので、思わず避《よ》けた。暴力の香りを漂わせているからな、と認めた彼は、沢木のほうに顔を向け、「淳之介も行くだろ」と訊ねた。

「今日は、ちょっと」と沢木は煮え切らない返事をする。

「もしかして陸上部か」国重が不服そうな声を出す。「屋上部じゃなくて、陸上部のほうだろ」

「え、何」わたしは立ち上がりそうになる。「宮瀬さん？　昨日、何かあったの？」

「何もなかった。やっぱり気のせいだったみたい、って笑ってたしな。けど、心配だからさ、今日だけ送って行こうと思って」沢木がそこでくすぐったそうな顔をした。

「今日は部活が終わったら真っ直ぐ帰るらしくてさ、今日が大丈夫なら気のせい、ってことで片づけよう、っていう話をしたんだよな」

「頑張ってるじゃない、沢木」

「頑張ってるよ、俺は」沢木が幸福を嚙み締めるように笑う。「話も合うんだよな、意外と。ずっと屋上から見てきただろ。だから陸上の話とかしてさ、参考になる、とか言われて」

「参考って？」

「スタートの起き上がりがほかの選手よりも早い癖や持久力不足の問題、地面との接地時間が少ないスムーズなフォーム、とかな、そういう表現を使ってはいないけど、よく見てるね、なんて言われちゃってよ」

「はいはい」わたしは冷淡に言う。「でれでれしない」

「淳之介は放っておいて」国重が上半身を右に捻り、平原を見る。「啓太は行くだろ」

「僕は別の角度から調べてみます」

「角度？」国重が眉間に皺を作る。「どういうことだよ」

「僕も一人で生きてきたわけではありませんし、これといって遠ざけていたわけではありませんから、いろいろなネットワークがあるんですよ。ひねくれていますから、真っ直ぐなものではありませんけど、役に立つかもしれません」

「ひねくれている、っていう自覚はあるんだ」とわたしはしげしげと眺める。

「ありますよ」平原が目を細める。「注意されても直すつもりはありませんけど」

「てことは」と言って、国重がこちらに視線だけを寄越す。「お前まで駄目だって言うなよ」

弟が退院する日だっけ、と頭に過ったけれど、国重はその弟のために行こうと言ってくれているわけで、わたしが不参加を申し出ることは身勝手極まりない行為で、だから「大丈夫だよ」と頷いた。頷いたあとで、二人きりだ、と気づき、心音が速くなる。それが聞こえないように背中を丸めて隠した。

電車を降りると、昨日と同じように徒歩で進む。国重ははやる気持ちを抑えられないようで、どんどん先に行ってしまい、追いつくのに必死だった。小雨が降っていて、だから傘を差して歩く。国重の傘は白い透明な傘で小さく、わたしの傘はオレンジ色のしっかりとした大きなもので、交換したほうがよいのでは、と言われそうだった。

「ねえ、何か見つけた？」と訊いてみた。

「ミサイルが落とされるかもしれない国で生活する俺たちの希望、ってことか？」

「そうじゃなくて、ノートだよ。和菓子屋さんからもらったノート」

「ああ、あれか。特に何もなかったな。詐欺に遭った人間の情報が書かれてたけど、イニシャルだったたし、住所や電話番号もなかった。どうしようもねえよ」

「そうなんだ」

「また和菓子屋に行って、話を聞く。取材した人間の居所を教えてくれるかどうかはわからねえけど、ヒントくらいはくれるかもしれない」

「そっか。じゃあ、その時は付き合うよ」

桜木商店街が見えてきたところで、わたしたちは同時に足を止めた。疑問符を浮かべながら前方を見つめたあと首を捻り、顔を見合わせる。

声がしたのだ。小さな声だった。人通りが少ないせいか、衰えつつある商店街の活気のせいなのか、その声がよく通って聞こえた。

「久しぶりの雨ですね」という声だ。「傘は不自由でいけない」ともつづけられた。同時に振り返り、声の主らしき人物を視界に入れたわたしたちは、声を出して驚くことになる。「あれ、あんた」という国重の声が耳に届いた。

「やあ、どうも」とその人物は言った。小柄なその男は薄い茶色のスーツを着ていて、きっちりと七と三に分かれた髪型が印象的に映る。その顔には笑顔が浮かんでいたけれど、敵意がないことを伝えるものなのかは、判断がつかなかった。

「あんた、電車の中で絡まれていたおっさんだよな」

そう、彼は沢木のストーカー疑惑で宮瀬さんのあとをつけていた時、電車の中で少年たちに因縁をつけられていたサラリーマンだった。そんな男に声をかけられて、わたしたちは戸惑っている。

「やはり見られていましたか」男は少しだけ口元を柔らかくしたが、それは照れや気まずさを内包したものではないように見えた。「参りましたね」

「何で、あんたがここに」と国重が声を強張らせる。

「いえね、楽しそうに会話をしていたでしょう。だから私も仲間に入れてもらおうと思いまして」

「断る。急いでんだ」

「そう言わないでください。見聞を豊かにするためにも、しがないサラリーマンの声にも耳を傾けるべきです。いいことを言いますよ、私。教訓や格言などを織り交ぜたりして。ただの不良で終わらないためにも、君は私と話をするべきです」

「目的は何だ？」

「痛そうですね、顔」男ははぐらかすように言った。「指で突いてもよろしいですか？」

「いいわけねえだろ」

「それでは、左腕の傷、見せてくださいませんか」

「お前」国重は声を上擦らせ、左腕を摑んだ。「どうして知ってる？」

「どうして、って」男が目を細めたので、目尻に皺が寄る。「私が刺したからじゃありませんか」

　国重は何も言わない。ただ、睨んだ。

「怖いですね、その顔」

　震え上がりそうです、ともつづけたが、男にそんな様子はなかった。

「お前、あのあとどうした」国重が硬質な声を発する。「電車で絡んでいた、あいつらをどうした？」

「我慢しましたよ、私も」男が遠くを見るような目をした。「しかし、執拗《しつよう》なのですね、あの子供たち。電車を降りても、駅舎を出ても、ついて来る。お金を出せ、とうるさいのですよ。だから殺しました。本当はいけないのですけどね、私も不本意だったのです」

「逃げるぞ」と国重が声を潜めるようにして、素早く囁いた。

わたしは惑乱した頭を縦に動かす。彼の指示だけが大きく聞こえた。

「走れ」と国重が叫び、わたしの腕を摑んで引っ張る。足が動くか心配だったが、もつれて転びそうな気配はあったが、国重の姿に集中して、足を回転させた。

「何、あれ」わたしは懸命に腕を振りながら、声を出している。「嘘だよね、あの話」

「知るか」国重の声が喉のあたりで突っかかる。「とにかく走れ。ついて来い」

良枝との会話を思い出した。あの男に会った翌日の会話だ。建設会社の資材置き場で複数の若い男性の死体が発見された、というあれ。「まさか、嘘」とつぶやいてから、暴走族の抗争じゃないのかもしれないよ、と心の中で良枝に報告した。

階段を下りるぞ、という国重の声に頷き、地下鉄へとつづく階段を駆け下りた。

「あいつが来ないか、見張ってろ」と指示され、わたしは座り込みそうになりながらも、階段を見つめている。国重はというと券売機に張りつくようにして、紙幣を滑り込ませていた。

「行くぞ」と言われ、切符を手渡される。改札を抜けるとさらに短い階段を下り、ホームに出た。「奥まで行こう」という声に引っ張られて、国重の背中を追う。

地下鉄は二分ほど待てばすぐに来た。男の姿は見えず、だけど早鐘を打つような鼓動は収まらず、逃げ込むような気持ちで、電車に乗り込んだ。

電車が出発する。ホームから遠ざかると恐怖と疲労を伴ったどきどきが、少しだけ薄れる。

「やあ、追いついた」と声をかけられたのは、そのすぐあとのことだった。車両の連結部分の扉が開いた音がしたので振り向くとあの男がいて、わたしたちを見つけると笑顔を浮かべ、近づいてくる。そして言った言葉が、それだった。

わたしたちは車両の中央あたりに立っていて、座席はほとんど埋まっていたが、自由に歩けないほどの混み具合ではなかった。男がわたしの隣に立ったので、国重が身体を入れて、場所を替わる。その時に、男の身体にぶつかった。バスケットボール選手がリバウンドボールを取るために良いポジションを奪おうと身体をぶつけるのに似ていた。その衝撃で国重のポケットから携帯電話が落ち、急いで拾う。

「尾行は得意ではないのですけどね」男は笑顔を崩さず、ぶつかったことに対して文句を言うこともなかった。「すぐに撒《ま》かれてしまう。きっちりとした人間に見られますが、失策も多いのです。でも、今日は運がいいようです」

「何の用だ？」と国重が低い声で訊ねる。

「話が途中だったでしょう。まだ会話の序章である、天候の話しかしていません」

「もう充分だ」

「そう嫌わないでください」と男が弱った顔をして、「あのことなら」と言い、あの子供たちを排除したことなら、と言い直す。「そのことで嫌われたのなら、言い訳をさせてください。あれは緊急避難です。運転中に便意を催して、仕方なく駐停車禁止の場所に車を停めてトイレに行く。それと同じです。法律を犯すことにはなりますけど、仕方のないことなのです。あの時もあなたのことをつけていたのに、あの子供たちがしつこくて、仕事の邪魔でしたからね」

「俺を、つけていた？」

わたしたちの会話にきな臭さを感じ取ったのか、目の前のサラリーマンが「すみません」と言って立ち上がり、隣の車両に移った。会話が聞こえたのかどうかはわからないが、その隣の女性も立つ。「やはり今日はついている」と男が空いた座席に座った。

「つけていたって、どういうことだよ」

「変質的な恋心じゃありませんよ。仕事です」

「仕事って、探偵か何かか？」

「私の仕事は単純で明快です」男がにやりと笑う。それがどうにも薄気味悪い。「人を殺すことです」とその言葉を発する時は、さすがに小声になった。「誰にも気づかれずに、こっそりと。失敗の多い私ですけどね、仕事だけはきっちりと完遂しますよ。それが誇りです」

「もしかして」わたしは震えた声を出す。「殺し屋」

「ピンポン、です」と男に指を差された。

「見つかった」とつぶやき、国重の横顔を見た。喉仏が上下に動き、唾を飲み込んだのだとわかる。「望みがかなったってこと、なの」と確認してみた。

「何ですか？」と男が顔を突き出すようにする。

「何でもねえよ」国重は槍を投げつけるように、尖らせた声を放つ。「お前は、俺を殺すのか？」

「仕事ですから」

「どうして?」

「依頼がなければ人を殺すことはありません。他人の命を絶つことに快楽を感じることもありませんし、それが最低限のルールです。ほかにもいろいろとこだわりはありますよ。悪いことをしたのでしょう、君。胸に手を当てて考えてみてください」

「してねえよ」と国重は即答する。つづけて間を空けず、「誰に依頼された?」と訊ねた。

「その質問に答えると思いますか、私が」

「涙を流して土下座をしても答えてはくれねえだろうけど、金をちらつかせば喋る人間には見える」

「いくら持っていますか?」

「二千五百円くらい」と答えた国重は、とても堂々としていた。

「残念です」

「じゃあよ、こいつは」国重がこちらをちらっと見る。「逃がしてやってくれ。関係ねえだろ」

「顔を見られてしまいましたからねえ」男が唸るように言って、悩む。「私の存在を吹聴《ふいちょう》されると、そのすべての人間を始末しなければなりません。それは苦です」と腕を組んだ。「恋人ですか?」

「違うっつうの」と国重が力いっぱい否定した。

「それは残念」

ちっ、と国重が苛立つように破擦音を響かせる。それからこちらに顔を近づけると、「次で降りるぞ」と早口に言った。「ドアが開いたら、走れ」

「何ですか、内緒話ですか」

男が不平を洩らすように声を上げる。

「あんたの名前を当てようと思ってな」と国重が適当なことを言うと、「それは無理ですね。当たりませんよ」と男がはしゃぐように言った。その幼さが気味悪い。

「当たるよ。いくつか候補を挙げて、こいつに伝えたところだ」

男が再びこちらを見たので、話を合わせるように頷いた。

「興味ありますね。教えてください、その候補というやつを」

「馬鹿、変態、間抜け」

「厳しいですね」男は子供の戯言《ざれごと》を聞き流すように、鼻から息を抜く。「どうも」

「それから」と国重が言って、窓の外を確認するように視線を一瞬だけ移動した。

「それから？」

「矢田《やだ》さん」

同時にアナウンスが流れ、速度が緩まる。

「ど」男の顔にはじめて動揺が浮き上がった。「どうしてそれを」

「知るか」と国重が吐き捨て、右足を持ち上げた。そんな光景を横目で見ながら、左手にあるドアが開くのを確認する。「ドアが開いたら、走れ」という国重の声が響く。

それは号砲に似ていて、身体が勝手に反応した。

国重の持ち上げられた右足が、目の前にいる男を踏みつけるように伸びるのが、視界の隅に映った。乗客が小さな悲鳴を上げるのが聞こえる。

ホームで人にぶつかりながら、走った。何度も「ごめんなさい」と言う。途中で国重が追いつき、ほっとする。「とにかく逃げるぞ」と彼は前を見たまま、言った。「ついて来い」

わたしは頷き、目の前に迫った階段を駆け上がる。

外は日が暮れかかっていて、手を伸ばせば夜を掴むことができ、それを引っ張ればすぐにでも闇に包まれそうな雰囲気があった。

まだ緩やかな雨は降っていたが、わたしたちに傘を差す余裕なんてない。走るのに邪魔なので持ってさえおらず、駅に捨ててきた。水溜りを駆け抜けた時に飛沫《しぶき》が足にかかり、冷たい。そんなわたしたちを見て、通行人が怪訝な表情を向けてくる。

ゴールの見えない逃走は体力と気力を急速に削り取っていく。「まだ走らなきゃ駄目かな」と乱れた呼吸で訊くと「ゴールはすぐそこだ」と励ますためか、国重はそんなことを言った。

急な下り坂に差し掛かったところで、さすがに限界の一歩手前まで追い込まれ、足を止めた。膝に手をやって大きく肩を揺らしながら、「少しだけ待って」と小休止を申し出た。

「待てねえよ」国重の顔も疲労している。リーゼントも力尽き、前髪が垂れていた。

「休みたいなら、もう少し進んでからだ」

「もう追いかけて来ないんじゃない」わたしは願いを込めて、言う。「きっと、もう大丈夫」

「俺もそう思いたいけどな」国重が手の甲で額の汗を拭った。「今日の俺たちはついてない。不吉な雨のせいで散々だ。それに比べて、あいつはついてるらしいからな。とにかく、安全な場所まで行くぞ」

「ミサイルに狙われてる国に安全な場所なんてないと思うけど」

「走りたくねえだけだろ」と図星をさされる。

ばれたか、と笑顔らしきものを浮かべた直後、「ひどいじゃないですか」という声が聞こえて、両肩を跳ね上げた。その声は今一番、聞きたくないもので、わたしは地面から上がってくる悪寒に、足を震わせる。

「ほらな、今日の俺たちはついてない」国重が眉をひそめながら、振り返る。「雨のせいだ」

「雨の馬鹿野郎」とわたしはぼうっとした頭で、つぶやく。

「ここは人気がなくていいですね」男が周囲を見回す。「仕事をするには最適な場所です。数日前までは大勢いましたよね、ここ。どうしたのでしょうか」

「知るか！」

「私はね、拳銃は使いません」男が両手をひらひらとさせ、何も持っていないことを示す。「ナイフで刺します。命が絶えるまで刺します。こだわり、というやつですよ。この業界の人間は殺し方にこだわる者が多いのです。電気コードで絞殺、ライフル銃で射殺という具合に。車に細工をする専門の殺し屋もいます」

「その講義は今、聞かなくちゃいけねえのか？」

「一瞬では死ねませんよ」男はそう言って、笑う。「それを伝えておきたくて。覚悟というやつをしてください」

「お前には殺させせねえよ」

「そう怖い顔をしないでください。まだ殺しません。その前に一つ疑問があるのです」男が少しだけ表情を固くする。「どうして私の名前が矢田だとわかったのですか？」

「知りたいなら、捕まえてみろ」

「なるほど」男が頷く。「そういう趣向ですか。嫌いではありません」

「走れるか？」と国重が、男を睨んだまま訊ねてきたので、「無理やりにでも走る」と答えた。

そこで国重が、「あっ」と声を出し、空を仰ぐようにする。「雨がやんだ」

その直後、わたしたちは再び駆け出した。

坂を下ると、トンネルを潜る。都市伝説の垢がこびり付く、あの小さなトンネルだ。オレンジ色の光が頭上から落ちてきて、目の前を同じ色に染めている。あの都市伝説は嘘だった、という噂がネットやメールで広がり、人の姿はどこにもない。そういう噂というものは性質の悪い病原ウイルス並に広がるのが速くて、わたしも良枝からその話を聞いた。

男の足音が追いかけてくるのがわかる。それは次第に近づいてくるようで、焦った気持ちになったが、「もう少しだ」という国重の言葉を信じて、何とか足を動かした。

　突然、国重はトンネルの中央あたりで止まると、振り返った。わたしも数歩進んだところで止まり、振り向く。喉が痛いくらいに乾いていた。

「何ですか？」と男が警戒するように訊ねる声が、反響した。

　国重はそれに答えることなく、わたしの腕を摑む。と同時に引っ張った。身体がよろけて、倒れ込みそうになる。

　視界が闇に包まれ、轟音の波が聴覚を使い物にならないようにしたのは、「すぐに捕まえますよ」と男が言って、足を踏み出したすぐあとのことだった。

　わたしは訳がわからないまま国重に引っ張られていて、冷たい風が頰を撫でたのは感じられたが、その直後に耳に生温かい風が当たり、その風には「じっとしてろ」という国重の声が混ざっていた。ぐっと肩を押され、膝を折って座る。

　それからずっと闇がつづいた。騒音は三十秒ほどすれば完全に消えたが、視界だけは利かなかった。

　そばに国重がいることが感じられる。わたしは彼の腕にしがみ付くようにして身体を寄せていて、「声を出すな。少しの我慢だ」という言葉に頷き、どうせ何も見えないのなら瞼を閉じておこう、と下を向いて息を殺していた。

黴《かび》臭さと埃っぽさで、呼吸の難しさを感じていた。「もういいぞ」という国重の声を聞き、咳をした。その音が跳ね返って、鼓膜が弾む感覚がある。目を開いたが、何も見えなかった。ひょー、という音を携えた微風が後方から吹き、不気味だ。わたしはまだ国重の腕にしがみ付いていて、それを自覚していたが、照れくささよりも恐怖のほうが勝っていた。


国重が身体を動かしたので、わたしの身体も動く。かちん、という何か小さな物が倒れたような音が響き、それが何なのかを確認するために国重が手を動かす。

「いい物があった」という声とともに、視界がぼんやりと明るくなる。「懐中電灯だ。清水の野郎、用意がいいな」

「ここって」わたしはその光に目が慣れたところで、声を発した。「罰神様の隠れていたところだよね。鍵を持っていたの？」

「持っていた」国重が懐中電灯の光で、つまむようにして持つ鍵を照らした。「鍵は持ち歩くべきだ」

「いなくなったかな、あの男」

「雨がやんで、つきが回ってきた」国重の声がほっとしていた。「あのタイミングで電車が来るなんて、運がいい。今頃、俺たちの姿が消えて驚いてるぞ、あいつ。壁のドアを見つけられなかったようだし、暗闇になった隙に逃げたと思って、探してるって」

「それなら、いいけど」

国重が立ち上がったので、私も立ち上がる。その時に、彼の腕から手を離した。

「行くか」と空間の奥を照らす。光の差す先はまだまだ深いようで、闇によって掻き消されていた。

「こっちに進むの？」

「外に出て、あいつと鉢合わせたらまずいだろ。たぶん、あいつはまだこのあたりにいる」国重の声は落ち着いていた。「それに、気になるだろ」と奥を指差す。

まあ、と言って、天井を見た。トンネルと同じくらいの高さはある。

「行くぞ」

靴音が素早く返ってくるのが、何者かにつけられているようで振り返りたくなる。途中で止まり、「わっ」と声を響かせたのは、前を歩く国重を驚かせたかったからではなかった。だから「何だよ、その奇声は」と不機嫌そうな顔を向けてきた国重に、びっくりしたでしょう、と笑いかけることもない。「ごめん」と謝り、殺し屋に追いかけられるという非日常的な展開に腹が立った、と説明したあと、「もう大丈夫だから」と伝えた。

暗い道がつづき、距離感がつかめないためにどのくらい歩いたのかはわからないが、地面に緩やかな傾斜がついていることが何となくわかった。やはりこの部屋というか横道は、雨水を下水管へと流すためのものなのだろう、と勝手に確信する。

「ねえ」と声をかけた。「疑問が一つ」

「何だよ」

「あの殺し屋って、矢田っていうの？」

「そうらしい」

国重は振り向かずに答える。

「どうしてわかったの？」

「信じられるか、あいつ結婚してるんだぞ」

国重が歩く速度を緩めると、立ち止まった。振り向いて、ポケットの中から取り出した物をこちらに差し出してくる。その手を懐中電灯の光で照らした。

「指輪」と語尾を上げて声を出した。「もしかして、結婚指輪?」

「内側を見てみろ」という声がして、プラチナ製らしき指輪の内側を見てみる。アルファベットが並んでいるのが確認できた。YADA.M。「ヤダ、エム」と声を出す。

「矢田正雄《まさお》なのか、矢田守夫《もりお》なのか知らねえけどよ、殺し屋が結婚してるんだぞ。子供がいるかもしれない」国重が溜め息をつく。「殺し屋も普通の幸せを望むらしい」

「いつこの指輪を抜き取ったの? 国重ってそういう技術を持ってたんだ」

「俺が腕利きの掏児《すり》に見えるか?」

「とっても不器用そう」

「これは、電車の中であいつに身体をぶつけた時に、あいつのポケットから落ちた物だ。携帯電話を拾うついでに拾っておいた。仕事をする時は指輪を外す習慣なんだろうな。罪悪感か何かが働くんじゃねえか」

「そっか」わたしは電車の中での情景を頭に浮かべる。「あの時」

「とにかく、今は逃げる。逃げ切る」国重が指輪をポケットにしまう。「行けるか?」

「行くしかないでしょう」とわたしは声に力を込めた。

緩やかな湾曲はあったが、はっきりとした曲り角や別れ道はなかった。暗さは相変わらずで、湿気や埃っぽさも変わらない。首の周りにざらざらとした不愉快さが付着していた。

永遠にこの状態がつづくのではないか、とうんざりとしそうになったその時、前方に変化があった。五メートルほど先だ。

暗闇の中で変化を実感できるのはやはり光であり、前方に青みを帯びた淡い光が浮遊するように溜まっているのが確認できた。

「ヤコブの梯子《はしご》」と国重が囁いたので、「何？」と質問する。

「天使の梯子とも言う。知らねえのか？」国重が一瞬だけ、振り返った。知らない、と答えると「天と地を結ぶ階段に喩えて、ヨーロッパあたりではそう呼ぶんだ」と教えてくれる。それでも反応の鈍いわたしに、「雲の切れ間から零れた光が、筋状になって見えることがあるだろ」とさらに説明をした。

「ああ」ようやくその情景が頭に浮かび、すぐそこにある光景とも一致し、頷く。

「じゃあさ、天までつづいてるってこと？」

「天までは無理だろ」国重が呆れた声を出す。「けど、光が落ちてきてるってことは、地上までつづいてるんじゃねえか」言いながら、懐中電灯を右側の壁に当てた。「見ろよ、梯子もある」

「天使の」とわたしは声を上げ、その声が大きく響いた。壁に埋まるようにしてある、簡易な梯子が目に映っていた。

光に近づくと先ほどまでの雨のせいなのか、足元が濡れていた。見上げると、高い場所に地上を予感させる、濃く青い光が浮かんでいる。七、八メートルは向こうだ。「まだ先に進む、っていう選択肢もあるが、どうする?」国重が訊いてくる。「俺はこのあたりで地上に出たいけどな」

わたしも、と頭を縦に倒した。息苦しく、窮屈な地下は懲り懲りだった。

「先に行く」国重が梯子に手をかけた。懐中電灯はパンツのポケットに突っ込んでおり、そこだけ膨らんでいる。「濡れて滑るぞ」と教えてくれた。

梯子を摑むと冷たく、錆《さび》の感触もあった。足をかけると、確かに滑りそうになる。絶対に下を見ない、と心に決めて登りはじめた。一定の間隔で、かつん、かつん、と音が響く。腰のあたりに寒気のようなものがこびり付いていて、スカートが揺れて腿《もも》を擦るたびに、高所にいる不安定さを思い出し、恐怖心をくすぐった。

地上が近づいたところで、国重が止まった。光が濃くなっていて、空気の新鮮さが感じられ、早く、と押し上げたくなる。

「どうしたの？」と訊ねると、「蓋を開けてんだけど」という喉を絞るような声が聞こえてきた。「重くて持ち上がらねえ」

頭を右に傾けながら見上げると、国重が右腕で鉄製の格子状の蓋を開けようとしていた。六十センチ×三十センチほどの長方形だ。「無理？」と声をかけると、その問いかけによって火がついたのか、「不可能なんてねえよ」とさらに登り、蓋に背中をくっ付けるようにする。それから足と腰に力を込めると、気張るような声を発しながら、身体ごと上がろうとする。

ぎしっ、だったか、みしっ、だったか、何かが外れる音が響いた。と同時に、細かな砂利や埃が落ちてくる。見上げていたわたしは慌てて俯き、目は守れたが、頭や背中が痒くなる。

国重が地上に出たのを確認して、わたしも地上に顔を出した。周りは芝生に囲まれていて、手入れの行き届いた庭のようであり、濡れた芝草の香りで、青臭い。その上に、格子状の蓋が倒れていた。首を伸ばすようにして空を見上げると、雲が切れて星が顔を覗かせていて、大きく深呼吸をしたくなる。

国重に手を貸してもらいながら、外に出る。芝草を踏みつける感触は悪くなかった。周囲をぐるりと見回すと、高いフェンスに囲まれていて、それほど広くはない。敷地内には小さな建物があり、それは何かの事務所のようだったけれど、人が常駐しているような雰囲気はなく、小さな窓の奥は真っ暗だった。

「何、ここ?」とわたしは声を小さくして、訊く。

「出口だろ」と国重は気にしていない様子で、蓋を元に戻そうと腰を曲げて引っ張っていた。わたしもそれを手伝う。

左手に門らしきものが見えたので、向かった。堅牢《けんろう》な鉄製の門は鍵が閉まっていて開かなかったので、国重はよじ登るようにして越えた。わたしもそれにつづく。目の前には背の高いビルが背中を向けるようにして建っていて、左右に細い通りが延びている。スカートの裾を押さえながら飛び降りると、振り返ってみた。門柱の隅に下水道建設課という文字が読めたが、何の施設なのかはわからない。

「お前ら」と声をかけられたのは、その直後のことだった。

路地裏の通りには街路灯などはなく、顔を出しはじめた月の明かりだけが頼りで、その人物とは距離があったためにはっきりと確認することはできなかったが、接触するには適切でない人物に思えた。街ですれ違う時は目を逸らし、できる限り距離を置きたくなる人物だ。

少々の衝撃なら跳ね返しそうな厳つい身体からは、凶器を前にしているような威圧感があった。パンチパーマにシルクの和柄シャツ、雪駄《せった》にセカンドバッグというスタイルが似合っていて、四角い顔を支える首が異様に太い。五十代前半くらいだろうか。日の当たる大通りを真っ直ぐに歩いている人物には見えなかった。

「今、そこから出てこなかったか？」と男が近づきながら、先ほど出てきた施設を指差す。

「悪いのかよ」と国重が乱暴に答え、そういう反抗的な口調はどうなんだろう、とわたしは不安になり、彼の背中に隠れた。

「そういう息子に育てた覚えはねえがな」男が明瞭《めいりょう》な声で、嘆く。「悲しいぞ、嘉人」

そうだよ、父親に対してそういう口に利き方は、と思ったところで、「えっ」と声を発した。「お父さんなの？」と国重の背中に訊ねると、「似てねえだろ」という返事が聞こえた。

国重の父親、という情報を与えられてもう一度その人物を見れば、また違った印象を受ける。頼まれれば「ＮＯ」と言えない、強面の町内会長のように見えなくもなかった。

一方で、国重の父親の登場が日常に引き戻してくれたような心地もして、これで安心だ、と肩の力が抜けた。

国重の陰から顔を出すと、「はじめまして」と挨拶をする。

「嘉人の恋人さんでしょうか」と国重の父親は申し訳なさそうな語調で、訊ねてきた。

「違う」と国重が素早く反応し、「それにな、あんたが何を考えてるのか知らねえけど、それは全部、間違ってる」と声高に言った。「俺たちは、ただ出てきただけだ」

そうか、勘違いをしているのか、と気づく。人気のない暗い場所で何かいかがわしいことをしていたのではないか、だとか、都の下水道建設課が管理する施設の中に忍び込んで盗みでもしていたのではないか、と疑っているのかもしれなかった。

「ただ出てきた、だと？」

「本当です、お父さん」わたしは訴えるように声を出した。「本当に出てきただけなんです。近道なんですよ、ここを抜けると」

殺し屋のことや追われていたことを説明するのはやめておく。「私の存在を吹聴されると、そのすべての人間を始末しなければなりません」という殺し屋の脅し文句が頭にしっかりと刻まれていたからだ。国重もその言葉が引っかかっているのか、何も言わなかった。

「そうか、そういうことか」

「納得したのかよ」国重が変なところで不機嫌になる。「何だよ、その無防備な信頼は。あんたは他人を信用するな」

その発言は血の繋がった息子としてのやっかみだろうか、とぼんやり考える。幼いところがあるな、と国重の横顔を眺めた。

「お前、嫌なことを言うな」溜め息をついて弱った顔を見せる国重の父親は、心底困っている。「昔のことを引っ張り出すのは、男のすることじゃねえ」

「あんたが男を語るんじゃねえよ」

親子喧嘩なの、とわたしは居心地が悪くなる。何があったのかは知らないが、男同士というのは難しい気がした。うちの弟も父親とはあまり話さないし、こじれると長引く気もする。プリンを食べられて拗ねる、という父親と娘の攻防なんて可愛いものなのかもしれない。

「それは、どういう意味だ」と国重の父親が迎え撃つ態勢になる。

「知るか」と国重が吐き捨て、父親のほうは「すまんね、お嬢ちゃん」とこちらに頭を下げた。いえ、と苦笑いを披露するしかない。

「で、あんたは何でこんなところにいるんだよ」

「母ちゃんを送ってきた」国重の父親は眉根の間隔を狭めるようにすると「例のあれだ。『恋愛映画同好会』の集まり」とつぶやく。「その向こうの通りにある駐車場に」と右手を伸ばした。「車を停めてある」

「恋愛映画同好会ですか」

面白そうだな、と思い、思わず声に出していた。屋上部と言われるよりは、興味を惹かれる。

「友達の家で恋愛映画を鑑賞してな、そのあとで飯を食いながら、あれでもない、これでもない、と喋る会だ。お嬢ちゃんは好きかい？　恋愛映画」

「大人の恋愛、というのは退屈で観ませんけど、二時間ほどの間にいろいろとあって、最後にハッピーエンドを迎える、というのは好きです」

「母ちゃんと話が合うかも知れねえな」

「今日はどんな映画を観ているのですか？」

「ジョージ・A・ロメロ監督の、『ゾンビ』」

ん、と声を洩らし、小さな壁にぶつかった気分になる。「『ゾンビ』というと、死体が歩いて人を襲う、という映画じゃなかったですか」

「おそらく、それだ」国重の父親が頷く。「俺は観たことがねえんだよなー」と顎を掻いた。

「わたしもしっかりと集中して観たことはないですけど、どこに恋愛的要素があるんでしょうか」

「ゾンビっていうのは、親でも恋人でも友人でも、みんな襲って仲間にしちまうらしいんだ。身体の一部を食われた人間はゾンビになっちまう。そういう話らしい。違うか？」

「たぶん、そうです。でも、それが？」

「自分色に染めるってことでしょう、って母ちゃんに言われてな、あれってそういうことなのか？」

「ある意味では」と答えておいた。ゾンビが人間を襲うのは、仲間を欲しがっているためなのか、それとも、ただ噛みつきたいという衝動を抑えられないだけなのかは知らないが、そこには寂しさという感情があるのかもしれない。寂しさとは恋愛の中の要素として存在しているもので、だったらあの行為は恋愛なのかもしれない。が、よくわからない。

「二人で和んでんじゃねえぞ」

国重が刺激物を口内に入れられたような顔をする。

「男の嫉妬《しっと》はみっともないぞ、息子」国重の父親がふっと表情を緩める。「心配しなくても、女は母ちゃんだけで充分だ。今日ここで出会ったことを後悔することはねえよ」

「耳障りなだけだ」と答えた国重の顔がはっとする。「後悔なんてとんでもねえよ。あんたとここで会ったことを感謝する」と言った。「ちょうどいいから送ってくれねえか、こいつのことも」

「おう、乗れ乗れ」と国重の父親が快諾する。

国重がこちらを見た。「運が回ってきた」

「雨が上がったからだね」とわたしは微笑んだ。

しかし、逃げ切ったことがすべてを解決へと向かわせるものではなかった。世界が沸騰するように混乱しはじめるその時、屋上部にも存続の危機が迫りくる。翻弄され、窮地に立たされた彼らはそれでも走るしかない。

（下巻に続く）

この作品は、二〇〇九年一月に小社より単行本として刊行されたものです。
この物語はフィクションです。実在する人物、団体等とは一切関係ありません。

宝島社
文庫

屋上ミサイル(上)　(おくじょうみさいる・じょう)

2010年2月19日　第1刷発行

著　者　山下貴光
発行人　蓮見清一
発行所　株式会社 宝島社
〒102-8388　東京都千代田区一番町25番地
電話：営業 03(3234)4621／編集 03(3239)0069
http://tkj.jp
振替：00170-1-170829 (株)宝島社
印刷・製本　中央精版印刷株式会社

乱丁・落丁本はお取り替えいたします

First published 2009 by Takarajimasha, Inc.
ISBN 978-4-7966-7561-1